Mihai Eminescu

BASME

MIHAI EMINESCU

Basme

ISBN: 978-1-936629-38-1

Reflection Books

P.O. Box 2182

Citrus Heights, California 95611-2182

www.reflectionbooks.com

Tipărit in S.U.A.

Mihai Eminescu (1850-1889) este cunoscut publicului român într-o mult mai mare măsură pentru opera lirică, pentru prozele sale romantice sau activitatea jurnalistică, decât în calitatea sa de culegător de basme. Cu toate acestea, interesul față de folclor al scriitorului născut la Ipotești reprezintă o constantă fundamentală a operei sale. În 1869 înființează, alături de alți prieteni, cercul literar Orientul, scopul declarat fiind acela al culegerii de basme, poezii populare și alte creații folclorice. Pe lângă basmele culese din gura poporului, Eminescu este și autorul basmului cult Făt-Frumos din lacrimă, publicat în 1870 în Convorbiri literare, text care a marcat debutul său în proză.

-Basmele romanilor, vol 5, N.D.Popescu, M.Eminescu

Făt-Frumos din lacrimă

În vremea veche, pe când oamenii, cum sunt ei azi, nu erau decât în germenii viitorului, pe când Dumnezeu călca încă cu picioarele sale sfinte pietroasele pustii ale pământului, - în vremea veche trăia un împărat întunecat și gânditor ca miază-noaptea și avea o împărăteasă tânără și zâmbitoare ca miezul luminos al zilei.

Cincizeci de ani de când împăratul purta război c-un vecin al lui. Murise vecinul și lăsase de moștenire fiilor și nepoților ura și vrajba de sânge. Cincizeci de ani, și numai împăratul trăia singur, ca un leu îmbătrânit, slăbit de lupte și suferințe - împărat, ce-n viața lui nu râsese niciodată, care nu zâmbea nici la cântecul nevinovat al copilului, nici la surâsul plin de amor al soției lui tinere, nici la poveștile bătrâne și glumețe a ostașilor înălbiți în bătălie și nevoi.

Se simțea slab, se simțea murind și n-avea cui să lese moștenirea urii lui. Trist se scula din patul împărătesc, de lângă împărăteasa tânără - pat aurit, însă pustiu și nebinecuvântat, - trist mergea la război cu inima neîmblânzită, - și împărăteasa sa, rămasă singură, plângea cu lacrimi de văduvie singurătatea ei. Părul ei cel galben ca aurul cel mai frumos cădea pe sânii ei albi și rotunzi, - și din ochii ei albaștri și mari curgeau șiroaie de mărgăritare apoase pe o față mai albă ca argintul crinului. Lungi cearcăne vinete se trăgeau împrejurul ochilor, și vine albastre se trăgeau pe fața ei albă ca o marmură vie.

Sculată din patul ei, ea se aruncă pe treptele de piatră a unei bolte în zid, în care veghea, deasupra unei candele fumegânde, icoana îmbrăcată în argint a Maicii durerilor. Înduplecată de rugăciunile împărătesei îngenuncheate, pleoapele icoanei reci se umeziră și o lacrimă curse din ochiul cel negru al mamei lui Dumnezeu. Împărăteasa se ridică în toată măreața ei statură, atinse cu buza ei seacă lacrima cea rece și o supse în adâncul sufletului său. Din momentul acela ea purcese îngreunată.

Trecu o lună, trecură două, trecură nouă, și împărăteasa făcu un fecior alb ca spuma laptelui, cu părul bălai ca razele lunii. Împăratul surâse, soarele surâse și el în înfocata lui împărăție, chiar stătu pe loc, încât trei zile n-a fost noapte, ci numai senin și veselie, - vinul curgea din butii sparte și chiotele despicau bolta cerului.

Și-i puse mama numele: Făt-Frumos din lacrimă. Și crescu și se făcu mare ca brazii codrilor. Creștea într-o lună cât alții într-un an.

Când era destul de mare, puse să-i facă un buzdugan de fier, îl aruncă în sus de despică bolta cerului, îl prinse pe degetul cel mic și buzduganul se rupse-n două. Atunci puse să-i facă altul mai greu -îl aruncă în sus aproape de palatul de nori al lunii; căzând din nori, nu se rupse de degetul voinicului.

Atunci Făt-Frumos își luă ziua bună de la părinți, ca să

se ducă, să se bată el singur cu oștile împăratului ce-l dușmănea pe tată-său. Puse pe trupul său împărătesc haine de păstor, cămeșă de borangic, țesută în lacrimile mamei sale, mândră pălărie cu flori, cu cordele și cu mărgele rupte de la gâturile fetelor de-mpărați, își puse-n brâul verde un fluier de doine și altul de hore, și, când era soarele de două sulițe pe cer, a plecat în lumea largă și-n toiul lui de voinic.

Pe drum horea și doinea, iar buzduganul și-l arunca să spintece nourii, de cădea departe tot cale de-o zi. Văile și munții se uimeau auzindu-i cântecele, apele-și ridicau valurile mai sus ca să-l asculte, izvoarele își turburau adâncul, ca să-și azvârle afară undele lor, pentru ca fiecare din unde să-l audă, fiecare din ele să poată cânta ca dânsul când vor șopti văilor și florilor.

Râurile se ciorăiau mai în jos de brâiele melancolicelor stânce, învățau de la păstorul împărat doina iubirilor, iar vulturii ce stau amuțiți pe creștetele seci și sure a stâncelor nalte, învățau de la el țipătul cel plâns al jelei.

Stăteau toate uimite pe când trecea păstorașul împărat, doinind și horind; ochii cei negri ai fetelor se umpleau de lacrimi de dor; și-n piepturile păstorilor tineri, răzimați c-un cot de-o stâncă și c-o mână pe bâtă, încolțea un dor mai adânc, mai întunecos, mai mare - dorul voiniciei.

Toate stăteau în loc, numai Făt-Frumos mergea mereu, urmărind cu cântecul dorul inimii lui, și cu ochii buzduganul, ce sclipea prin nori și prin aer ca un vultur de oțel, ca o stea năzdrăvană.

Când era-nspre sara zilei a treia, buzduganul, căzând, se izbi de o poartă de aramă, și făcu un vuiet puternic și lung. Poarta era sfărâmată și voinicul intră. Luna răsărise dintre munți și se oglindea într-un lac mare și limpede, ca seninul cerului. În fundul lui se vedea sclipind, de limpede ce era, un nisip de aur; iar în mijlocul lui, pe o insulă de smarand, încunjurat de un crâng de arbori verzi și stufoși, se ridica un mândru palat de o marmură ca laptele, lucie și albă - atât de lucie, încât în ziduri răsfrângea ca-ntr-o oglindă de argint: dumbravă și luncă, lac și țărmuri. O luntre aurită veghea pe undele limpezi ale lacului lângă poartă; și-n aerul cel curat al serii tremurau din palat cântece mândre și senine. Făt-Frumos se sui-n luntre și, vâslind, ajunse până la scările de marmură ale palatului. Pătruns acolo, el văzu în boltele scărilor candelabre cu sute de brațe, și-n fiecare braț ardea câte o stea de foc. Pătrunse în sală. Sala era înaltă, susținută de stâlpi și de arcuri, toate de aur, iar în mijlocul ei stătea o mândră masă, acoperită cu alb, talgerele toate săpate din câte-un singur mărgăritar mare; iar boierii ce ședeau la masă în haine aurite, pe scaune de catifea roșie, erau frumoși ca zilele tinereții și voioși ca horele. Dar mai ales unul din ei, cu fruntea-ntr-un cerc de aur, bătut cu diamante, și cu hainele strălucite, era frumos ca luna unei nopți de vară. Dar mai mândru era Făt-Frumos.

— Bine-ai venit, Făt-Frumos! zise împăratul; am auzit de tine, da' de văzut nu te-am văzut.

— Bine te-am găsit, împărate, deși mă tem că nu te-oi

lăsa cu bine, pentru că am venit să ne luptăm greu, că destul ai viclenit asupra tatălui meu.

— Ba n-am viclenit asupra tatălui tău, ci totdeauna m-am luptat în luptă dreaptă. Dar cu tine nu m-oi bate. Ci mai bine-oi spune lăutarilor să zică și cuparilor să umple cupele cu vin și-om lega frăție de cruce pe cât om fi și-om trăi.

Și se sărutară feciorii de-mpărați în urările boierilor, și băură și se sfătuiră.

Zise împăratul lui Făt-Frumos:

— De cine-n lume te temi tu mai mult?

— De nime-n lumea asta, afară de Dumnezeu. Dar tu?

— Eu iar de nime, afară de Dumnezeu și de Mama-pădurilor. O babă bătrână și urâtă, care umblă prin împărăția mea de mână cu furtuna. Pe unde trece ea, fața pământului se usucă, satele se risipesc, târgurile cad năruite. Mers-am eu asupra ei cu bătălie, dar n-am isprăvit nimica. Ca să nu-mi prăpădească toată împărăția, am fost silit să stau la-nvoială cu ea și să-i dau ca bir tot al zecelea din copiii supușilor mei. Și azi vine ca să-și ieie birul.

Când sună miazănoaptea, fețele mesenilor se posomorâră; căci pe miazănoapte călare, cu aripi vântoase, cu fața zbârcită ca o stâncă buhavă și scobită de păraie, c-o pădure-n loc de păr, urla prin aerul cernit Mama-pădurilor cea nebună. Ochii ei - două nopți turburi, gura ei - un hău căscat, dinții ei - șiruri de pietre de mori.

Cum venea vuind, Făt-Frumos o apucă de mijloc și o trânti cu toată puterea într-o piuă mare de piatră; peste piuă prăvăli o bucată de stâncă, pe care-o legă din toate părţile cu şapte lanţuri de fier. Înăuntru baba şuiera şi se smulgea ca vântul închis, dar nu-i folosea nimica.

Veni iar la ospăţ; când prin bolţile ferestelor, la lumina lunii, văzură două dealuri lungi de apă. Ce era? Mama-pădurilor, neputând să iasă, trecea peste ape cu piuă cu tot şi-i brăzda faţa în două dealuri. Şi fugea mereu, o stâncă de piatră îndrăcită, rupându-şi cale prin păduri, brăzdând pământul cu dâră lungă, până ce se făcu nevăzută în depărtarea nopţii.

Făt-Frumos ospătă ce ospătă, dar apoi, luându-şi buzduganul de-a umăr, merse mereu pe dâra trasă de piuă, până ce ajunse lâng-o casă frumoasă, albă, care sticlea la lumina lunii în mijlocul unei grădini de flori. Florile erau în straturi verzi şi luminau albastre, roşie-închise şi albe, iar printre ele roiau fluturi uşori, ca sclipitoare stele de aur. Miros, lumină şi un cântec nesfârşit, încet, dulce, ieşind din roirea fluturilor şi a albinelor, îmbătau grădina şi casa. Lângă prispă stăteau două butii cu apă, iar pe prispă torcea o fată frumoasă. Haina ei albă şi lungă părea un nor de raze şi umbre, iar părul ei de aur era împletit în cozi lăsate pe spate, pe când o cunună de mărgăritărele era aşezată pe fruntea ei netedă. Luminată de razele lunii, ea părea muiată într-un aer de aur. Degetele ei ca din ceară albă torceau dintr-o furcă de aur şi dintr-un fuior de o lână ca argintul torcea un fir de o mătase albă, subţire, strălucită, ce semăna mai mult a o vie rază de lună, ce cutreiera aerul, decât a fir de tort. La zgomotul ușor al pașilor lui Făt-Frumos, fata-și ridică ochii albaștri ca undele lacului.

— Bine-ai venit, Făt-Frumos, zise ea cu ochii limpezi și pe jumătate închiși, cât e de mult de când te-am visat. Pe când degetele mele torceau un fir, gândurile mele torceau un vis, un vis frumos, în care eu mă iubeam cu tine; Făt-Frumos, din fuior de argint torceam și eram să-ți țes o haină urzită în descântece, bătută-n fericire; s-o porți... să te iubești cu mine. Din tortul meu ți-aș face o haină, din zilele mele, o viață plină de desmierdări.

Astfel, cum privea umilită la el, fusul îi scăpă din mână și furca căzu alături de ea. Ea se sculă și, ca rușinată de cele ce zisese, mâinile ei spânzurau în jos ca la un copil vinovat și ochii ei cei mari se plecară. El se apropie de ea, c-o mână îi cuprinse mijlocul, iar cu cealaltă îi desmierdă încet fruntea și părul și-i șopti:

— Ce frumoasă ești tu, ce dragă-mi ești! A cui ești tu, fata mea?

— A Mamei-pădurilor, răspunse ea suspinând; mă vei iubi tu acu— ma, când știi a cui sunt? Ea încunjură cu amândouă brațele ei goale grumazul lui și se uită lung la el, în ochii lui.

— Ce-mi pasă a cui ești, zise el, destul că te iubesc.

— Dacă mă iubești, să fugim atuncea, zise ea lipindu-se mai tare de pieptul lui; dacă te-ar găsi mama, ea te-ar omorî, și dac-ai muri tu, eu aș nebuni ori aș muri și eu.

— N-aibi frică, zise el zâmbind și desfăcându-se din

brațele ei. Unde-i mumă-ta?

— De când a venit se zbuciumă în piua în care-ai încuiat-o tu și roade cu colții la lanțurile ce-o închid.

— Ce-mi pasă! zise el repezindu-se să vadă unde-i.

— Făt-Frumos, zise fata, și două lacrimi mari străluciră în ochii ei, nu te duce încă! Să te-nvăț eu ce să facem ca să învingi tu pe mama. Vezi tu buțile aste două? Una-i cu apă, alta cu putere. Să le mutăm una în locul alteia. Mama, când se luptă cu vrăjmașii ei, strigă când obosește: "Stăi, să mai bem câte-oleacă de apă!" Apoi ea bea putere, în vreme ce dușmanul ei numai apă. De aceea noi le mutăm din loc: ea nu va ști și va bea numai apă în vremea luptei cu tine.

Precum au zis, așa au și făcut. El se repezi după casă.

— Ce faci, babă? strigă el. Baba, de venin, se smulse odată din piuă-n sus și rupse lanțurile, lungindu-se slabă și mare până-n nori.

— A, bine că mi-ai venit, Făt-Frumos! zise ea, făcându-se iar scurtă, ia acum hai la luptă, acu om vedea cine-i mai tare!

— Hai! zise Făt-Frumos. Baba-l apucă de mijloc, se lungi repezindu-se cu el până-n nori, apoi îl izbi de pământ și-l băgă în țărână până-n glezne.

Făt-Frumos o izbi pe ea și o băgă-n pământ până în genunchi.

— Stăi, să mai bem apă, zise Mama-pădurilor ostenită.

Stătură și se răsuflară. Baba bău apă, Făt-Frumos bău putere, ș-un fel de foc nestins îi cutreieră cu fiori de răcoare toți mușchii și toate vinele lui cele slăbite. C-o putere îndoită, cu brațe de fier, o smunci pe babă de mijloc și-o băgă-n pământ până-n gât. Apoi o izbi cu buzduganul în cap și-i risipi creierii. Cerul încărunți de nouri, vântul începu a geme rece și a scutura casa cea mică în toate încheieturile căpriorilor ei. Șerpi roșii rupeau trăsnind poala neagră a norilor, apele păreau că latră, numai tunetul cânta adânc ca un proroc al pierzării.

Prin acel întuneric des și nepătruns, Făt-Frumos vedea albind o umbră de argint, cu păr de aur despletit, rătăcind, cu mâinile ridicate și palidă. El se apropie de ea și-o cuprinse cu brațele lui. Ea căzu ca moartă de groază pe pieptul lui, și mâinile ei reci s-ascunseră-n sânul lui. Ca să se trezească, el îi sărută ochii. Norii se rupeau bucăți pe cer, luna roșie ca focul se ivea prin spărturile lor risipite; iar pe sânul lui, Făt-Frumos vedea cum înfloreau două stele albastre, limpezi, și uimite - ochii miresei lui. El o luă pe brațe și începu să fugă cu ea prin furtună. Ea-și culcase capul în sânul lui și părea că adormise. Ajuns lângă grădina împăratului, el o puse-n luntre, ducând-o ca-ntr-un leagăn peste lac, smulse iarbă, fân cu miros și flori din grădină și-i clădi un pat, în care-o așeză ca-ntr-un cuib.

Soarele ieșind din răsărit privea la ei cu drag. Hainele ei umede de ploaie se lipise de membrele dulci și rotunde, fața ei de-o paloare umedă ca ceara cea albă, mâinile mici și unite pe piept, părul despletit și răsfirat pe fân, ochii mari, închiși și adânciți în frunte, astfel ea era frumoasă, dar părea moartă. Pe acea frunte netedă și albă, Făt-Frumos presură câteva flori albastre, apoi șezu alături cu ea și-ncepu a doini încet. Cerul limpede - o mare, soarele - o față de foc, ierburile împrospătate, mirosul cel umed al florilor învioșate o făceau să doarmă mult și lin, însoțită în calea visurilor ei de glasul cel plâns al fluierului. Când era soarele-n amiazi, firea tăcea și Făt-Frumos asculta fericita ei răsuflare, caldă și umedă. Încet se plecă la obrazul ei și-o sărută. Atunci ea deschise ochii încă plini de visuri, și-ntinzându-se somnoroasă, zise încet și zâmbind:

— Tu aici ești?

— Ba nu sunt aici, nu vezi că nu sunt aici? zise el mai lăcrămând de fericire.

Cum ședea el lângă ea, ea-și întinse un braț și-i cuprinse mijlocul.

— Hai, scoală, zise el desmierdând-o, e ziua-n amiaza-mare. Ea se sculă, își netezi părul de pe frunte și-l dete pe spate, el îi cuprinse mijlocul, ea-i înconjură grumazul - și astfel trecură printre straturile de flori și intrară în palatul de marmură al împăratului.

El o duse la împăratul și i-o arătă, spuindu-i că-i mireasa lui. Împăratul zâmbi, apoi îl luă de mână pe Făt-Frumos, ca și când ar fi vrut să-i spuie ceva în taină, și-l trase la o fereastră mare, pe care vedea lacul cel întins. Ci el nu-i spuse nimica, ci numai se uită uimit pe luciul lacului și ochii i se umplură de lacrimi. O lebădă își înălțase aripile ca pe niște pânze de argint și cu capul cufundat în apă sfâșia fața senină a lacului.

— Plângi împărate? zise Făt-Frumos. De ce?

— Făt-Frumos, zise împăratul, binele ce mi l-ai făcut mie nu ți-l pot plăti nici cu lumina ochilor, oricât de scumpă mi-ar fi, și cu toate astea vin să-ți cer și mai mult.

— Ce, împărate?

— Vezi tu lebăda ceea îndrăgită de unde? Tânăr fiind, aș trebui să fiu îndrăgit de viață, și cu toate astea de câte ori am vrut să-mi fac samă. Iubesc o fată frumoasă, cu ochii gânditori, dulce ca visele mării - fata Genarului, om mândru și sălbatic ce își petrece viața vânând prin păduri bătrâne. O, cât e de aspru el, cât e de frumoasă fata lui! Orice încercare de a o răpi a fost deșartă. Încearcă-te tu!

Ar fi stat Făt-Frumos locului, dar scumpă-i era frăția de cruce, ca oricărui voinic, mai scumpă decât zilele, mai scumpă decât mireasa.

— Împărate prea luminate, din câte noroace-ai avut, unul a fost mai mare decât toate: acela că Făt-Frumos ți-i frate de cruce. Hai, că mă duc eu să răpesc pe fata Genarului.

Și-și luă cai ageri, cai cu suflet de vânt, Făt-Frumos, și era să plece. Atunci mireasa lui - Ileana o chema - îi zise încet la ureche, sărutându-l cu dulce:

— Nu uita, Făt-Frumos, că pe cât vei fi tu departe, eu oi tot plânge. El se uită cu milă la ea, o mângâie, dar apoi, desfăcându-se de îmbrățoșările ei, se avântă pe șeaua calului și plecă în lume.

Trecea prin codri pustii, prin munți cu fruntea ninsă, și când răsărea dintre stânci bătrâne luna cam palidă, ca fața unei fete moarte, atunci vedea din când în când câte-o streanță uriașă atârnată de cer, ce încunjura cu poalele ei vârful vreunui munte - o noapte sfârtecată, un trecut în ruină, un castel numai pietre și ziduri sparte.

Când se lumină de ziuă, Făt-Frumos vede că șirul munților dă într-o mare verde și întinsă, ce trăiește în mii de valuri senine, strălucite, care treieră aria mării încet și melodios, până unde ochiul se pierde în albastrul cerului și în verdele mării. În capătul șirului de munți, drept asupra mării, se oglindea în fundul ei o măreață stâncă de granit, din care răsărea ca un cuib alb o cetate frumoasă, care, de albă ce era, părea poleită cu argint. Din zidurile arcate răsăreau ferestre strălucite, iar dintr-o fereastră deschisă se zărea, printre oale de flori, un cap de fată, oacheș și visător, ca o noapte de vară. Era fata Genarului.

— Bine-ai venit, Făt-Frumos, zise ea, sărind de la fereastră și deschizând porțile mărețului castel, unde ea locuia singură ca un geniu într-un pustiu, astă-noapte mi se părea că vorbesc c-o stea, și steaua mi-a spus că vii din partea împăratului ce mă iubește.

În sala cea mare a castelului, în cenușa vetrei, veghea un motan cu șapte capete, care când urla dintr-un cap s-auzea cale de-o zi, iar când urla din câte șapte, s-auzea cale de șapte zile.

Genarul, pierdut în sălbatecele sale vânători, se depărtase cale de-o zi.

Făt-Frumos luă fata în brațe și punând-o pe cal, zburau amândoi prin pustiul lungului mării ca două abia văzute închegări ale văzduhului.

Dar Genarul, om nalt și puternic, avea un cal năzdrăvan cu două inimi. Motanul din castel mieună dintr-un cap, iar calul Genarului necheză cu vocea lui de bronz.

— Ce e? îl întrebă Genarul pe calul năzdrăvan. Ți s-a urât cu binele?

— Nu mi s-a urât mie cu binele, ci de tine-i rău. Făt-Frumos ți-a furat fata.

— Trebuie să ne grăbim mult ca să-i ajungem?

— Să ne grăbim și nu prea, pentru că-i putem ajunge. Genarul încălecă și zbură ca spaima cea bătrână în urma fugiților. În curând îi și ajunse. Să se bată cu el Făt-Frumos nu putea, pentru că Genarul era creștin și puterea lui nu era în duhurile întunericului, ci în Dumnezeu.

— Făt-Frumos, zise Genarul, mult ești frumos și mi-e milă de tine. De astă dată nu-ți fac nimica, dar de altă dată... ține minte!

Și luându-și fata alături cu el, pieri în vânt, ca și când nu mai fusese.

Dar Făt-Frumos era voinic și știa drumul înapoi. El se reîntoarse și găsi pe fată iar singură, însă mai palidă și mai plânsă ea părea și mai frumoasă. Genarul era dus iar la vânătoare cale de două zile. FătFrumos luă alți cai din chiar grajdul Genarului.

Astă dată plecară noaptea. Ei fugeau cum fug razele lunii peste adâncile valuri ale mării, fugeau prin noaptea pustie și rece ca două visuri dragi; ci prin fuga lor auzeau miautele lungi și îndoite ale motanului din vatra castelului. Apoi li se păru că nu mai pot merge, asemene celor ce vor să fugă în vis și cu toate aceste nu pot. Apoi un nor de colb îi cuprinse, căci Genarul venea în fuga calului, de rupea pământul.

Fața lui era înfricoșată, privirea cruntă. Fără de-a zice o vorbă, el apucă pe Făt-Frumos și-l azvârli în nourii cei negri și plini de furtună ai cerului. Apoi dispăru cu fată cu tot.

Făt-Frumos, ars de fulgere, nu căzu din el decât o mână de cenușă în nisipul cel fierbinte și sec al pustiului. Dar din cenușa lui se făcu un izvor limpede ce curgea pe un nisip de diamant, pe lângă el arbori nalți, verzi, stufoși răspândeau o umbră răcorită și mirositoare. Dacă cineva ar fi priceput glasul izvorului, ar fi înțeles că jelea într-o lungă doină pe Ileana, împărăteasa cea bălaie a lui Făt-Frumos. Dar cine să înțeleagă glasul izvorului într-un pustiu, unde până-atunci nu călcase picior de om?

Dar pe vremea aceea Domnul umbla încă pe pământ. Într-o zi se vedeau doi oameni călătorind prin pustiu. Hainele și fața unuia strălucea ca alba lumină a soarelui; celălalt, mai umilit, nu părea decât umbra celui luminat. Era Domnul și sf. Petrea. Picioarele lor înfierbântate de nisipul pustiului călcară atuncea în răcoarele și limpedele pârău ce curgea din izvor. Prin cursul apei cu gleznele lor sfâşiau valurile până la umbritul lor izvor. Acolo Domnul bău din apă şi-şi spălă faţa sa cea sfântă şi luminată şi mâinile sale făcătoare de minuni. Apoi şezură amândoi în umbră, Domnul cugetând la tatăl său din cer, şi sfântul Petrea ascultând pe cugete doina izvorului plângător. Când se sculară spre a merge mai departe, zise sf. Petrea: "Doamne, fă ca acest izvor să fie ce-a fost mai înainte". "Amin!" zise Domnul ridicând mâna sa cea sfântă, după care apoi se depărtară înspre mare, fără a mai privi înapoi.

Ca prin farmec pieri izvorul şi copacii, şi Făt-Frumos, trezit ca dintr-un somn lung, se uită împrejur. Atunci văzu chipul cel luminat al Domnului, ce mergea pe valurile mării, care se plecau înaintea lui, întocmai ca pe uscat; şi pe sf. Petrea, care, mergând în urma lui şi învins de firea lui cea omenească, se uita înapoia sa şi-i făcea lui FătFrumos din cap. Făt-Frumos îi urmări cu ochii până ce chipul sf. Petrea se risipi în depărtare, şi nu se vedea decât chipul strălucit al Domnului aruncând o dungă de lumină pe luciul apei, astfel încât dacă soarele n-ar fi fost în amiazi, ai fi crezut că soarele apune! El înţelesese minunea învierii sale şi îngenunche înspre apusul acelui soare dumnezeiesc.

Dar apoi îşi aduse aminte că făgăduise a răpi pe fata Genarului, şi ceea ce făgăduieşte voinicul anevoie o lasă nefăcută.

Deci se porni şi înspre sară ajunse la castelul Genarului, ce strălucea în întunericul serii ca o uriaşă umbră. El intră în casă... fata Genarului plângea. Dar când îl văzu, fața ei se-nsenină cum se-nsenină o undă de o rază. El îi povesti cum înviese; atunci ea-i zise:

— De răpit nu mă poți răpi până ce nu-i avea un cal asemene cu acela ce-l are tatăl meu, pentru c-acela are două inimi; dar eu am să-l întreb în astă sară de unde-și are calul, ca să poți și tu să capeți unul ca acela. Până atunci însă, pentru ca să nu te afle tată-meu, eu te voi preface într-o floare.

El șezu pe un scaun, iar ea șopti o vrajă dulce, și, cum îl sărută pe frunte, el se prefăcu într-o floare roșie închisă ca vișina coaptă. Ea-l puse între florile din fereastă și cânta de veselie, de răsuna castelul tatălui ei.

Atunci intră și Genarul.

— Veselă fata mea? și de ce ești veselă? întrebă el.

— Pentru că nu mai este Făt-Frumos ca să mă răpească, răspunse ea râzând.

Se puseră la cină.

— Tată, întrebă fata, de unde ai calul d-tale, cu care umbli la vânat?

— La ce-ți trebuie s-o știi? zise el încruntând sprâncenele.

— Știi prea bine, răspunse fata, că nu vreau ca s-o știu decât numai ia-așa ca s-o știu, pentru c-acu nu mai e Făt-Frumos să mă răpească.

— Știi tu că nu mă împotrivesc ție niciodată, zise Genarul. De— parte de-aicea, lângă mare, șede o babă care

are șapte iepe. Ea ține oameni care să i le păzească un an (cu toate că anul ei nu e decât de trei zile), și dacă cineva i le păzește bine, ea-l pune să-și aleagă drept răsplată un mânz, iar de nu, îl omoară și-i pune capul într-un par. Chiar însă dacă păzește cineva bine iepele, totuși ea-l viclenește pe om, căci scoate inimile din caii toți și le pune într-unul singur, încât cel ce-a păzit alege mai întotdeauna un cal fără inimă, care-i mai rău decât unul de rând... Ești mulțumită, fata mea?

— Mulțumită, răspunse ea zâmbind. Totodată însă Genarul îi aruncă în față o batistă roșie, ușoară, mirositoare. Fata se uită mult în ochii tatălui său, ca un om care se deșteaptă dintr-un vis, de care nu-și poate aduce aminte. Ea uitase tot ce-i spusese tată-său. Însă floarea din fereastă veghea printre frunzele ei, ca o stea roșie prin increțiturile unui nor.

A doua zi Genarul plecă iarăși des-dimineață la vânătoare. Fata sărută murmurând floarea roșie și Făt-Frumos născu ca din nimica înaintea ei.

— Ei, știi ceva? o întrebă el.

— Nu știu nimica, zise ea tristă și punând dosul mânii pe fruntea ei, am uitat tot.

— Însă eu am auzit tot, zise el. Rămâi cu bine, fata mea; în curând ne vom vedea iar.

El încălecă pe un cal și dispăru în pustiuri. În arșița cea dogoritoare a zilei... văzu aproape de pădure un țânțar zvârcolindu-se în nisipul cel fierbinte.

— Făt-Frumos, zise țânțarul, ia-mă de mă du până-n pădure, că ți-oi prinde și eu bine. Sunt împăratul țânțarilor.

Făt-Frumos îl duse până în pădurea prin care era să treacă.

Ieșind din pădure, trecu iar prin pustiu de-a lungul mării și văzu un rac atât de ars de soare, încât nu mai avea nici putere să se mai întoarcă-napoi...

— Făt-Frumos, zise el, aruncă-mă-n mare, că ți-oi prinde și eu bine. Sunt împăratul racilor.

Făt-Frumos îl aruncă în mare și-și urmă calea. Când înspre sară ajunse la un bordei urât și acoperit cu gunoi de cal. Împrejur gard nu era, ci numai niște lungi țărușe ascuțite, din care șase aveau fiecare-n vârf câte un cap, iar al șaptelea fără, se clătina mereu în vânt și zicea: cap! cap! cap! cap!

Pe prispă o babă bătrână și zbârcită, culcată pe un cojoc vechi, sta cu capul ei sur ca cenușa în poalele unei roabe tinere și frumoase, care-i căuta în cap.

— Bine v-am găsit, zise Făt-Frumos.

— Bine-ai venit, flăcăule, zise baba sculându-se. Ce-ai venit? ce cauți? Vrei să-mi paști iepele poate?

— Da.

— Iepele mele pasc numai noaptea... Uite, chiar de-acu poți să pornești cu ele la păscut... Fată hăi! ia dă tu flăcăului demâncatul ce i-am făcut eu și pornește-l.

Alături cu bordeiul era sub pământ o pivniță. El intră în ea și acolo văzu șapte iepe negre strălucite - șapte nopți, care de când erau nu zărise încă lumina soarelui. Ele nechezau și băteau din picioare.

Nemâncat toată ziua, el cină ce-i dăduse baba ș-apoi, încălecând pe una din iepe, mână pe celelalte în aerul întunecos și răcoare al nopții. Dar, încet, încet simți cum se strecoară un somn de plumb prin toate vinele lui, ochii i se painjiniră și el căzu ca mort în iarba pajiștei. El se trezi pe când mijea de ziuă. Când colo, iepele nicăieri. El își credea capul pus în țeapă, când vede ieșind dintr-o pădure-n depărtare cele șapte iepe alungate de un roi nemărginit de țânțari și un glas subțire-i zise:

— Mi-ai făcut un bine, ți l-am făcut și eu. Când se întoarse cu caii, baba începu să turbe, să răstoarne casa cu susu-n jos și să bată fata, care nu era de vină.

— Ce ai, mamă? întrebă Făt-Frumos.

— Nimica, zise ea, mi-a venit și mie toane. Asupra ta n-am nimica... sunt foarte mulțumită. Apoi intrând în grajd, începu să bată caii, țipând: Ascundeți-vă mai bine, bată-v-ar mama lui Dumnezeu, ca să nu vă mai găsească, ucigă-l crucea și mănânce-l moartea!

A doua zi porni cu caii, dar iar căzu jos și dormi până ce mijea de ziuă. Desperat, era să ieie lumea-n cap, când deodată vede răsărind din fundul mării cei șapte cai, mușcați de-o mulțime de raci.

— Mi-ai făcut un bine, zise un glas, ți l-am făcut și eu. Era împăratul racilor. El mână caii-nspre casă și vede iar o priveliște ca-n ziua trecută. Însă în cursul zilei roaba babii s-apropie de el şi-i zise încet strângându-l de mână:

— Eu ştiu că tu eşti Făt-Frumos. Să nu mai mănânci din bucatele ce-ţi fierbe baba, pentru că-s făcute cu somnoroasă... Ţi-oi face eu altfel de bucate.

Fata într-ascuns îi făcu merinde, şi-nspre sară, când era să plece cu caii, îşi simţi ca prin minune capul treaz.

Spre miezul nopţii se-ntoarse acasă, mână caii în grajd, îi încuie şi intră în odaie. Pe vatra cuptorului, în cenuşă mai licureau câţiva cărbuni. Baba sta întinsă pe laiţă şi înţepenită ca moartă. El gândi c-a murit ş-o scutură. Ea era ca trunchiul şi nu se mişca deloc. El trezi fata, ce dormea pe cuptor.

— Uite, zise el, ţi-a murit baba.

— Aş! asta să moară!? răspunse ea suspinând. Adevărat că acu e ca şi moartă. Acu-i miazănoaptea... un somn amorţit îi cuprinde trupul... dar sufletul ei cine ştie pe la câte răspinteni stă, cine ştie pe câte căi a vrăjilor umblă. Până ce cântă cucoşul, ea suge inimile celor ce mor, ori pustieşte sufletele celor nenorociţi. Da, bădică, mâine ţi se-mplineşte anul, ia-mă şi pe mine cu d-ta, că ţi-oi fi de mare folos. Eu te voi scăpa din multe primejdii pe care ţi le găteşte baba.

Ea scoase din fundul unei lăzi hârbuite şi vechi o cute, o perie şi o năframă.

A doua zi de dimineaţă i se împlinise lui Făt-Frumos anul. Baba trebuia să-i dea unul din cai ş-apoi să-l lase să plece cu Dumnezeu. Pe când prânzeau, baba ieşi până în grajd, scoase inimile din câteşişapte cai, spre a le pune pe toate într-un tretin slab, căruia-i priveai prin coaste. Făt-Frumos se sculă de la masă şi după îndemnarea babei se duse să-şi aleagă calul ce trebuia să şi-l ieie. Caii cei fără inimi erau de un negru strălucit, tretinul cel cu inimile sta culcat într-un colţ pe-o movilă de gunoi.

— Pe acesta-l aleg eu, zise Făt-Frumos, arătând la calul cel slab.

— Da' cum Doamne iartă-mă, să slujeşti tu degeaba!? zise baba cea vicleană. Cum să nu-ţi iei tu dreptul tău? Alege-ţi unul din caii işti frumoşi... oricare-ar fi, ţi-l dau.

— Nu, pe acesta-l voi, zise Făt-Frumos, ţinând la vorba lui. Baba scrâşni din dinţi ca apucată, dar apoi îşi strânse moara cea hârbuită de gură, ca să nu iasă prin ea veninul ce-i răscolea inima pestriţă.

— Hai, ia-ţi-l! zise-n sfârşit. El se urcă pe cal cu buzduganul de-a umere. Părea că faţa pustiu— lui se ia după urmele lui, şi zbura ca un gând, ca o vijelie printre volburele de nisip ce se ridicau în urmă-i.

Într-o pădure îl aştepta fata fugită. El o urcă pe cal după dânsul şi fugea mereu.

Noaptea inundase pământul cu aerul ei cel negru şi răcoare.

— Mă arde-n spate! zise fata. Făt-Frumos se uită înapoi. Dintr-o volbură naltă, verde, se vedeau nemişcaţi doi ochi de jăratic, a căror raze roşii ca focul ars pătrundeau în rărunchii fetei.

— Aruncă peria, zise fata. Făt-Frumos o ascultă. Și deodată-n urmă-le văzură că se ridică o pădure neagră, deasă, mare, înfiorată de un lung freamăt de frunze și de un urlet flămând de lupi.

— Înainte! strigă Făt-Frumos calului, care zbura asemenea unui demon urmărit de un blestem prin negura nopții. Luna palidă trecea prin nouri suri ca o față limpede prin mijlocul unor vise turburi și seci.

Făt-Frumos zbura... zbura necontenit.

— Mă arde-n spate! zise fata c-un geamăt apăsat, ca și când s-ar fi silit mult ca să nu spuie încă.

Făt-Frumos se uită și văzu o bufniță mare și sură, din care nu străluceau decât ochii roșii, ca două fulgere lănțuite de un nor.

— Aruncă cutea, zise fata. Făt-Frumos o aruncă. Și deodată se ridică din pământ un colț sur, drept, neclintit, un uriaș împietrit ca spaima, cu capul atingând de nori.

Făt-Frumos vâjâia prin aer așa de iute, încât i se părea că nu fuge, ci cade din înaltul cerului într-un adânc nevăzut.

— Mă arde, zise fata. Baba găurise stânca într-un loc și trecea prin ea prefăcută într-o funie de fum, a cărei capăt dinainte ardea ca un cărbune.

— Aruncă năframa, zise fata. Făt-Frumos o ascultă. Și deodată văzură în urmă-le un luciu întins, limpede, adânc, în a cărui oglindă bălaie se scălda în fund luna de argint și stelele de foc.

Făt-Frumos auzi o vrajă lungă prin aer și se uită prin

nori. Cale de două ceasuri - pierdută în naltul cerului - plutea încet, încet prin albastrul tăriei Miazănoaptea bătrână cu aripile de aramă.

Când baba înota smintită pe la jumătatea lacului alb, Făt-Frumos aruncă buzduganu-n nori și lovi Miazănoaptea în aripi. Ea căzu ca plumbul la pământ și croncăni jalnic de douăsprezece ori.

Luna s-ascunse într-un nor și baba, cuprinsă de somnul ei de fier, se afundă în adâncul cel vrăjit și necunoscut al lacului. Iar în mijlocul lui se ridică o iarbă lungă și neagră. Era sufletul cel osândit al babei.

— Am scăpat, zise fata.

— Am scăpat, zise calul cel cu șapte inimi. Stăpâne, adăogi calul, tu ai izbit Miazănoaptea, de a căzut la pământ cu două ceasuri înainte de vreme, și eu simt sub picioarele mele răscolindu-se nisipul. Scheletele înmormântate de volburele nisipului arzător al pustiilor au să se scoale spre a se sui în lună la benchetele lor. E primejdios ca să umbli acuma. Aerul cel înveninat și rece al sufletelor lor moarte v-ar putea omorî. Ci mai bine voi culcați-vă, și eu pân-atuncea m-oi întoarce la mama, ca să mai sug înc-o dată laptele cel de văpaie albă a țâțelor ei, pentru ca să mă fac iar frumos și strălucit.

Făt-Frumos îl ascultă. Se dete jos de pe cal și-și așternu mantaua pe nisipul încă fierbinte.

Dar ciudat... ochii fetei se-nfundase în cap, oasele și încheieturile feței îi ieșise afară, pielița din oacheșă se făcuse vânătă, mâna grea ca plumbul și rece ca un sloi de gheață.

— Ce ți-i? o întrebă Făt-Frumos.

— Nimica, nu mi-i nimica, zise ea cu glasul stins: și se culcă în nisip, tremurând ca apucată.

Făt-Frumos dădu drumul calului, apoi se culcă pe mantaua ce și-o așternuse. El adormi; cu toate acestea-i părea că nu adormise. Pelițele de pe lumina ochiului i se roșise ca focul și prin el părea că vede cum luna se cobora încet, mărindu-se spre pământ, până ce părea ca o cetate sfântă și argintie, spânzurată din cer, ce tremura strălucită... cu palate nalte, albe... cu mii de ferestre trandafirii; și din lună se scobora la pământ un drum împărătesc acoperit cu prund de argint și bătut cu pulbere de raze.

Iară din întinsele pustii se răscoleau din nisip schelete nalte... cu capete seci de oase... învelite în lungi mantale albe, țesute rar din fire de argint, încât prin mantale se zăreau oasele albite de secăciune. Pe frunțile lor purtau coroane făcute din fire de raze și din spini auriți și lungi... și încălicați pe schelete de cai, mergeau încet-încet... în lungi șiruri... dungi mișcătoare de umbre argintii... și urcau drumul lunii, și se pierdeau în palatele înmărmurite ale cetății din lună, prin a cărora ferești se auzea o muzică lunatecă... o muzică de vis.

Atunci i se păru că și fata de lângă el se ridica încet..., că trupul ei se risipea în aer, de nu rămâneau decât oasele, că, inundată de o manta argintie, apuca și ea calea luminoasă ce ducea în lună. Se ducea în turburea împărăție a umbrelor, de unde venise pe pământ, momită de vrăjile babei.

Apoi pelița ochilor lui se înverzi... se înnegri - și nu mai văzu nimica.

Când deschise ochii, soarele era sus de tot. Fata lipsea și aievea. Dar în pustiul arid nechezea calul frumos, strălucit, îmbătat de lumina aurită a soarelui, pe care el acu o vedea pentru-ntâia oară.

Făt-Frumos se avântă pe el și-n răstimpul câtorva gânduri fericite ajunse la castelul încolțit al Genarului.

De astă dată Genarul vâna departe cale de șapte zile. El o luă pe fată pe cal dinaintea lui. Ea-i cuprinse gâtul cu brațele ei și-și ascunsese capul în sânul lui, pe când poalele lungi ale hainei ei albe atingeau din zbor nisipul pustiei. Mergeau așa de iute, încât i se părea că pustiul și valurile mării fug, iar ei stau pe loc. Și numai încet se auzea motanul mieunând din câte șapte capetele.

Pierdut în păduri, Genarul își aude calul nechezând.

— Ce e? îl întrebă.

— Făt-Frumos îți fură fata, răspunse calul năzdrăvan.

— Putea-l-om ajunge? întrebă Genarul mirat, pentru că știa că-l omorâse pe Făt-Frumos.

— Nu, zău, răspunse calul, pentru c-a încălecat pe un frate al meu, care are șapte inimi, pe când eu n-am decât două.

Genarul își înfipse pintenii adânc în coastele calului, care fugea scuturându-se... ca o vijelie. Când îl văzu pe

Făt-Frumos în pustiu, zise calului său:

— Spune frăţâne-tău să-şi arunce stăpânul în nori şi să vină la mine, că l-oi hrăni cu miez de nucă şi l-oi adăpa cu lapte dulce.

Calul Genarului îi necheză frăţâne-său ceea ce-i spusese, iar frate-său i-o spuse lui Făt-Frumos.

— Zi frăţâne-tău, zise Făt-Frumos calului său, să-şi arunce stăpânu-n nori, şi l-oi hrăni cu jăratic şi l-oi adăpa cu pară de foc.

Calul lui Făt-Frumos o necheză asta frăţâne-său, şi acesta azvârli pe Genarul până în nori. Norii cerului înmărmurirâ şi se făcurâ palat sur şi frumos, iar din două gene de nouri se vedeau doi ochi albaştri ca cerul, ce repezeau fulgere lungi. Erau ochii Genarului, exilat în împărăţia aerului.

Făt-Frumos domoli pasul calului şi aşeză pe fată pe acela al tătâne-său. O zi încă, şi ajunseră în mândra cetate a împăratului.

Lumea-l crezuse mort pe Făt-Frumos, şi de aceea, când se împrăştie faima venirii lui, ziua-şi muie aerul în lumină de sărbătoare şi oamenii aşteptau murmurând la faima venirii lui, cum vuieşte un lan de grâu la suflarea unui vânt.

Dar ce făcuse oare în vremea aceea Ileana împărăteasa? Ea, cum plecase Făt-Frumos, s-a închis într-o grădină cu nalte ziduri de fier, şi acolo, culcându-se pe pietre reci, cu capul pe un bolovan de cremene, plânse într-o scaldă de aur, aşezată lângă ea, lacrimi curate ca diamantul.

În grădina cu multe straturi, neudată și necăutată de nimeni, născură din pietriș sterp, din arșița zilei și din secăciunea nopții flori cu frunze galbene și c-o culoare stinsă și turbure ca turburii ochi ai morților - florile durerii.

Ochii împărătesei Ilenei, orbiți de plâns, nu mai vedeau nimica, decât i se părea numai că-n luciul băii, plină de lacrimile ei, vedea ca-n vis chipul mirelui ei iubit. Ci ochii ei, două izvoare secate, încetase de a mai vărsa lacrimi. Cine-o vedea cu părul ei galben și lung, despletit și împrăștiat ca creții unei mantii de aur pe sânul ei rece, cine-ar fi văzut fața ei de-o durere mută, săpată parcă cu dalta în trăsăturile ei, ar fi gândit că-i o înmărmurită zână a undelor, culcată pe un mormânt de prund.

Dar cum auzi vuietul venirii lui, fața ei se-nsenină; ea luă o mână de lacrimi din baie și stropi grădina. Ca prin farmec, foile galbene ale aleilor de arbori și ale straturilor se-nverzirä ca smarandul. Florile triste și turburi se-nălbirä ca mărgăritarul cel strălucit, și din botezul de lacrimi luară numele lăcrămioare.

Împărăteasa cea oarbă și albă umblă încet prin straturi și culese în poale o mulțime de lăcrimioare, pe care apoi, așternându-le lângă baia de aur, făcu un pat de flori.

Atunci intră Făt-Frumos. Ea s-aruncă la gâtul lui, însă, amuțită de bucurie, ea nu putu decât să îndrepte asupră-i ochii săi stinși și orbi, cu care ar fi vrut să-l soarbă în sufletul ei. Apoi ea îl luă de mână și-i arătă baia de lacrimi.

Luna limpede înflorea ca o față de aur pe seninul cel

adânc al cerului. În aerul nopții, Făt-Frumos își spălă fața în baia de lacrimi, apoi, învălindu-se în mantaua ce i-o țesuse din raze de lună, se culcă să doarmă în patul de flori. Împărăteasa se culcă și ea lângă el și visă în vis că Maica Domnului desprinsese din cer două vinete stele ale dimineții și i le așezase pe frunte.

A doua zi, deșteptată, ea vedea... A treia zi se cunună împăratul cu fata Genarului. A patra zi era să fie nunta lui Făt-Frumos. Un roi de raze venind din cer a spus lăutarilor cum horesc îngerii când se sfințește un sfânt, și roiuri de unde răsărind din inima pământului le-a spus cum cântă ursitorile când urzesc binele oamenilor. Astfel lăutarii măiestriră hore nalte și urări adânci.

Trandafirul cel înfocat, crinii de argint, lăcrimioarele sure ca mărgăritarul, mironosițele viorele și florile toate s-adunară, vorbind fiecare în mirosul ei, și ținură sfat lung cum să fie luminile hainei de mireasă; apoi încredințară taina lor unui curtenitor flutur albastru stropit cu aur. Acesta se duse și flutură în cercuri multe asupra feței miresii când ea dormea ș-o făcu să vadă într-un vis luciu ca oglinda cum trebuia să fie-mbrăcată. Ea zâmbi când se visă atât de frumoasă.

Mirele-și puse cămașă de tort de raze de lună, brâu de mărgăritare, manta albă ca ninsoarea.

Și se făcu nuntă mândră și frumoasă, cum n-a fost alta pe fața pământului.

Ș-au trăit apoi în pace și în liniște ani mulți și fericiți, iar dac-a fi adevărat ce zice lumea, că pentru feţii-frumoşi vremea nu vremuieşte, apoi poate c-or fi trăind şi astăzi.

Borta-vântuluiDe la Wikisource

Salt la: navigare, căutare

Borta-vântului

Mihai Eminescu - Literatură populară, Ediţie îngrijită şi prefaţată de Perpessicius, Bucureşti, 1965.

Era un om sărac - sărac, ş-avea o mulţime de copii. Acu era - în vremea foametii şi el a muncit v-o săptămână pe un căuş de grăunţe. Acu s-a dus la râşniţă cu dânsele. După ce le-o râşnit, a eşit afară cu căuşul cu făină şi s-a pornit o furtună mare şi i-a luat toată făina din căuş. Da el straşnic s-o mâniat. „Nu mă las eu aşa cu una cu două", şi face un şumuiag de paie şi porneşte.

Îl întreabă un om:

— Unde te duci, cumătre?

— Mă duc s'astup borta vântului, că mi-a luat făina din căuş.

— Da unde-i nimeri-o?

— Unde-a fi acolo mă duc.

Mergând el loc depărtat a ajuns pe Dzeu şi sf. Petrea (erau pe pământ pe-atunci).

— Unde te duci omule?

— Mă duc s' astup borta vântului, că mi-o luat făina din căuş. Da Dumnezeu i-o zis aşa:

— Omule, nu te mai duce. Na-ţi o nucă... da pân a casă să nu zici: nucă, deschide-te.

Întorcându-se el înapoi, a 'noptat ş-a ajuns la un om şi

s-a rugat să-l primească să doarmă acolo peste noapte.

— De unde vii bade? l-ntreabă omul cela.

— Mă duceam s' astup borta vântului ş' am întâlnit un nebun pe drum şi mi-o dat o nucă şi-a zis să nu zic pân' a casă nucă, deschide-te. Ce-a mai fi şi asta?

Femeea omului vicleană. Ia o nucă 'n mână şi zice:

— Ia să-ţi văd nuca.

Îi schimbă nuca omului. Şi pe urmă se duce 'ntr-un ocol şi zice: nucă deschide-te. Dac-o zis - atâte vite ce-o ieşit, oi, cai, hei, o bogăţie 'ntreagă. Ştii mata, putere dumnezeiască!

Se duce - a doua zi a casă: Nucă deschide-te! Nuca de unde să se deschidă.

— Hai bată-mi-l Dumnezeu vânt şi moşneagul lua-l-ar dracu. Mă duc s'astup borta vântului şi să bat pe moşneag de ce m-o viclenit.

Ajunge iar pe Dumnezeu.

Da Dumnezeu, ştii, putere dumnezeiască, acu era altfel la faţă... nu l-o cunoscut.

— Unde te duci, bade?

— S' astup borta vântului şi să ucid moşneagul, la ce m-o viclenit.

— Na-ţi, bade, un măgar. Da să nu zici pân' acasă: măgar baligă-te.

— N-oi zice.

Se-ntoarce el iar pe la omul cela. Da omul cela-l ospătează şi-i dă vin să bee, şi omul s-o chefăluit şi-a adormit pe laiţă. Da erau nişte ţigani cu şatra acolo ş-avea măgar și omul s-o dus ș-o cumpărat ș-a schimbat măgarul.

Omul a doua zi se scoală, ia măgarul și se duce - acasă și-i zice: măgar, fa bani!

Măgarul, de unde? El apuc' un druc și 'ncepe a dișăla măgarul.

— Acu nu-l mai iert eu.

Se pornește să 'ntâlnească pe moșneag și s' astupe borta vântului. Întâlnește pe Dumnezeu.

— Na-ți bade, o cârjă, da să nu zici pân a casă: cârje 'ncârjește-te. Ia cârja, vine pe la omul cela. Acu omul i-a dat și mai strașnic ospăț și s-a sfătuit că dac' or vede ce-a mai da și cârja, pe urmă să-l omoare, ca să nu prepue că el i-o luat. Acu zice omul femeii:

— Măi, femee, noi hai cu cârja 'n zămnic (beciu) și să 'nchidem ușa ș-a să zicem: cârjă'ncârjește-te.

Se vâră. Cârja unde 'ncepe a bate ș-a sdrobi. Până omul era cu chef, până s-a trezit, ei erau uciși ca merele.

— Bade ți-om da și măgar și nuca, numa mă rog, scoate-ne. Acu omul i-o lăsat de i-o bătut și mai bine. A luat măgarul, cârja și nuca și s-o pornit a casă.

Așa s-a făcut de bogat acu, de-a ajuns veste pân la-mpă-ratul. Atâția bani avea el, de-o semănat ș-o crescut grâu de aur. Acu 'mpăratul a auzit că are un lan de aur ș-o trimis doi sufragii să-i dee sămânță, să semene și-mpăratul.

— Să spui împăratului că nu vreau să-i dau, să văd ce mi-a face. Împăratul când a auzit așa, strașnic s-o mâniat ș-o gătit oștire, să se ducă cu răsboi asupra lui. Împăratul era frunte, știi, mai mare. Ș-a venit pân la ușa lui ș-o strigat să iasă afară. Da el ave bani, da tot cu straie de-a noastre, nu cu straie leșești. El pune cârja sub suman și ese afară. Acu 'mpăratul cu atâtea mii de oameni i-a fost rușine singur lui să se ducă el numa cu unul să se lupte. A zis:

— Omule, arată-ți tu întâi puterea.

— Bine, măi împărate. Cârje'ncârjește-te, la tot soldatul câte două și la împăratul nouă. (Cârja era dumnezeiască, tot în cap pâcâia).

O nebunit și pe soldați și pe-mpăratul. S-o dus împăratul, ș-o rămas pace ș-o trăit bine. Să dea - să trăiască și copiii mei așa.

Frumoasa lumii

Apoi poveste, poveste, Dumnezeu la noi soseşte, că-nainte mult mai este. Era odată un vânător ş-avea trei copii şi era sărac-sărac, cât numai cu-atâta se ţinea, că-mpuşca câte-o păsăruică, o vindea ş-atâta era hrana lui, săracul. Acu era o pădure pe-acolo pe-aproape, de-i zicea Pădurea neagră. Ş-au apucat oamenii din satul cela a zice că nu s-a putea să s-apropie nime de pădurea ceea. Ş-aşa era părăsită, nime nu se ducea, că ziceau că la miezul nopţii vin dracii.

Acu bietu omul ist sărac a zis într-o zi către femeia lui:

— Măi femeie, tot o moarte-am să mor, ia să mă duc eu în pădurea ceea, să văd ce-oi găsi acolo.

Aşa, i-a făcut nevasta o turtă-n traistă şi s-a pornit el; a luat puşca-n spate. Ajungând el acolo, lui îi era foarte frică... da' omul sărac sărăcia-l împinge a se duce orunde ca să câştige.

Iaca, mergând el aşa, ajunge la un copac nalt şi tufos straşnic, nu ştiu cum s-o fi chemat, şi vede-o pasăre aşa de frumoasă - era de aur. Acu el ce să facă, ca doar să n-o-mpuşte, s-o poată prinde, că, vânzând-o vie, mai multe parale ar fi luat.Alungând-o el prin copac, ea se vâră-ntr-o bortă... ş-o prinde. El n-a mai stătut către noapte, că s-a temut de draci, ci a luat pasărea ş-a venit acasă ş-a făcut o cuşcă bună ş-a pus pasărea-n cuşcă.

Acu el în ziua ceea, era sâmbătă, care-o prins-o, și duminică dimineața s-a ouat un ou. Oul era de aur. Da' el zice:

— Ei, măi femeie, eu n-oi vinde pasărea asta, că ea s-a oua și eu oi avea câte-un ou și m-oi hrăni din zi-n zi.

El ia oul și se duce-n târg și-l întreabă negustorul:

— Ce ai de vândut și cât ceri?

— Am un ou și cer o mie de lei.

Da' un jidan zice (tot ei îs mai mehenghi):

— Ia să văd oul.

Când vede oul cel de aur - făcea mai mult decât o mie de lei - (îi dă mia de lei). Ia el mia de lei, cumpără cele trebuincioase pentru copii și femeie și se duce-acasă. Da pe gușa păsării era ceva scris, da' omul nu știa carte.

Când în a doua duminică iar s-a ouat un ou de aur. Și el s-a dus și iar a cerut o mie de lei. Da' să iei samă, d-ta, că tot jidanul cela i-a ieșit înainte!

În a treia duminică, când a dus oul, a pus pe gânduri pe jidan. Și s-a gândit așa jidanul: l-a întrebat unde șede, să se ducă să vadă de unde are el ouă de aur. Vine jidanul; da' el ținea cușca în colțul casei.

Cum a intrat jidanul în casă - el știa carte - odată și-aruncă ochii-n fundul casei. Pe gușa păsării așa scria: "Cine-a mânca inima are să fie-mpărat; cine-a mânca rânza, de câte ori s-a trezi pe noapte, de-atâtea ori are să găsească câte o pungă de bani sub cap; cine-a mânca maiurile are să fie om cu noroc în lume, oriunde va merge el, orice pas a face el, tot cu noroc are să fie". Acu jidanul, tot cu dușmănie asupra creștinului:

— Vinde-mi mie pasărea!

— N-o pot, jupâne. Asta-i câștigul meu, toată viața pentru mine și pentru copii.

În sfârșit, cât s-a pus jidanul, n-a vrut bietul om s-o vândă. Jidanul a zis că i-i rău și c-are să mâie la om. Vânătorul a doua zi s-a sculat de dimineață și s-a dus cu pușca după vânat. Da' jidanul - șiret, da' femeia, ca de-a noastre, proastă - și-i zice-așa femeii:

— Nevastă, ce să trăiești c-un om așa de sărac, vin' să te iau eu, că te-oi ține bine și ți-oi ține și copiii. Da' femeia zice:

— Dacă te-i boteza! Apoi, zice, cum la noi, nu se poate să se despărțească.

Da' jidanul zice:

— Lasă-l pe mâna mea, că eu îl omor până mâine. Îi dă nu știu ce și omoară omul. De-acolo zice-așa:

— Femeie, te-oi lua, dar mai întâi taie-mi pasărea și mi-o frige.

Da' să nu lipsească nimica din pasăre, toată s-o mănânc eu. Și femeia, dobitoacă, ea s-a potrivit. A tăiat și a fript pasărea ș-a pus-o pe vatră, a strâns-o și ea iese din casă cu treabă, și copiii, tustrei, intră-n casă. Zice unul dintr-înșii:

— Mă, tare mi-i foame... Mama a fript pasărea ceea, hai să mâncăm câte-o bucățică.

— D'apoi dac-a fript-o jidanului, ne-a bate!

— Hai să mâncăm dinăuntru, că nu s-a vedea.

Ia cel mare inima, cel mijlociu rânza, cel mic maiurile. Pasărea acu nu mai plătea nimica dacă le mâncase acelea. Da' copiii, după ce-au mâncat:

— Măi, hai să fugim, că ne-a bate.

Și era o bortă-n dosul casei și s-au vârât acolo.

Vine jidanul. Da' la pasăre cele nu-s într-însa. Apoi începe-a striga, bate pe biata femeie.

— De bună seamă, au mâncat copiii, căci altul nime n-a fost în casă.

Jidanul îndată strigă după copii, să-i taie, să mănânce el din copii. I-au căutat, i-au căutat, în sfârșit nu i-au găsit. Dac-a văzut jidanul că nu-s și nu-s, s-a dus dracului - cruce de aur în casă! - a lăsat și pe femeie și tot. Că el tot așa era să facă, d-apoi Dumnezeu a lăsat mai bine să mănânce copiii decât dânsul, că Dumnezeu nu doarme. Acu, acel mare a umblat ce-a umblat și s-a făcut împărat pe țara aceea. Acu numai aista era micușor de tot, tot la mă-sa ședea, ist care mâncase maiurile, și pesemne unde avea el să aibă așa noroc, tare era leneș.

Cel ce a mâncat rânza găsea tot pungi de bani și se făcuse strașnic om de rău. Îi erau dragi numai petrecerile, să ierți mata, îi erau dragi cucoanele cele frumoase. Acu, acolo, strașnic era de frumoasă una de-i zicea Frumoasa Lumii. La soare te puteai uita, da la dânsa ba.

Acu el tot umbla, că doar i-ar da-o boierul cela, da nici că vrea să i-o dea. Iaca vine el acasă la mă-sa:

— Mamă, ce mi-s buni mie banii dacă nu pot eu lua pe

ceea ce mi-a picat dragă!

Da' mă-sa zice:

— Dragul mamei, du-te și tot te-i putea întâlni cu ea. (Să vorbească cu dânsa, poate i-ar fi fost și ei drag.) Da' ea era vicleană. Acu aist ce-a mâncat maiurile se juca cu niște bulgărași cu alți băieți pe-afară. Vine un moșneag.

— Dragul moșului, ce faci tu aici?

— Ia mă joc, moșule!

— Hai cu moșu, că ți-a da pere și mere (știi, ca la copii) - înșală pe băiat și-l ia cu dânsul.

Da' acela era un vrăjitor grozav - îngheța apa. Ș-acu el, tot vrăjind prin Pădurea neagră, a dat de ceva strașnic, care el nu putea face, numai c-un copil. Se duce-acolo cu băiatu-n mijlocul pădurii și dă de-o piatră mare. Și bate de trei ori în piatră și se deschide pământul. Și el zice băiatului așa:

— Măi băiate, du-te pe scările ieste într-acolo sub pământ (erau niște scări) și-ai să cobori într-o grădină așa de mândră, și-ai să dai de-o căsuță acolo-n grădină. Să intri-n casă ș-ai să vezi un horn făcut acolo și pe vatră ai să vezi o cheie. Să iei cheia ceea, s-o pui în brâu și să vii înapoi la mine. Da' na-ți ș-o veriguță de fier, că făr' de veriga asta nu poți intra. (Acolo era pe ceea lume, zice-că.) Băiatul se ia, merge-ncetișor și intră pân' în grădina ceea.

Da' acolo așa era o mândreață, grădină cu pomi cu poame de aur... încât băiatul s-a mirat când a intrat acolo și, știi, ca copilul, mai degrabă a alergat la pere și la mere decât la cheia moșneagului. Știi cum e treaba noastră - era cu câmeşoi şi cu curăluşă bună-ncins, ş-o umplut sânul de mere şi de pere. El pornise să iasă, când şi-aduce aminte de cheie, merge într-acolo ş-o ia - da cheia era straşnic de ruginită... Cine ştie ce-ar fi făcut el cu cheia ceea, şi astăzi am fi fost sub mâna lui poate... Se ia băiatu-ncetişor, se suie iar pe scară să ias-afară - că ştii d-ta că el, bătrânu, deşi avea putere, nu putea intra în rai, dar ista ca copil...

Când a ajuns în gură să iasă, moşneagul a strigat:

— Stai, nu ieşi! Dă-mi cheia!

Băiatul zice (era mic, da tot cu cap):

— Ba lasă-mă să ies întâi afară!

— Ba nu te las.

— Nu-ţi dau cheia! (Ştii d-ta, nici mâna nu putea vârî, că era păcătos.)

— Am să te omor.

— Omoară-mă, numai dacă poţi!...

El face tranc! cu picioru-n pământ şi se-nchide pământul. Ce s-ă facă bietul băiat? Ia să se-ntoarcă, să se ducă iar prin grădinile cele. Când colo, era-nchis pământul, nu mai era mândreaţa ceea. Începe băiatul a plânge. Plângând aşa, îşi freca mâinile. Şterge pe veriga ceea ce i-o dat-o moşneagul şi vine-un om. Omul cela era de fier. Era duh necurat; om de-ai noştri de fier, unde se poate?

— Măi băiate, cine te-a adus pe tine-aici?

— Iaca cum şi iaca cum, spune băiatul tot.

— Eu te-oi scoate, băiate, da-întâi să te duci de-aici, să-mi tai vreo douăzeci de vaci, să-mi frigi, să am de mâncat pe drum, când te-oi duce (că ştii d-ta, nouă ni s-a părut că era-n gură, da el era tocma-n fundul pământului, când a-nchis el piatra).

Frige el, şi-l pune pe băiat după cap, şi pune pe o mână douăzeci de vaci fripte şi pe altă mână câteva poloboace cu apă, cu vin - cu ce-o fi fost nu ştiu - şi băiatului îi dă un cuţit ş-o ulcică.

— Când mi-a fi foame, să tai cu cuţitul din carne, să-mi dai să mănânc, şi când mi-a fi sete, să-mi dai cu ulcica apă.

Şi merge el, merge - zi şi noapte tot mergea, decât aşa era de-ntuneric, de nu zăreai cât un fir de colb, dacă era sub pământ! Acu apropia vacile de gătat demâncatul şi apa de băut. Da' duhul cel necurat i-a zis aşa:

— Dacă tu-i avea noroc să nu gătesc demâncatul şi apa, eu nu te voi mânca, dar dac-oi găta, te mănânc. Ia uită-te tu în sus, vezi soarele?

— Îl văd cât o zare de chibrit.

— Ia! deci mai este! Merge el - că acu rămăsese numai o jumătate de vacă.

— Ia uite-n sus, câtu-i soarele de mare?

— Îl văd pe jumătate.

— E, apoi iaca tot mai am o bucată bună! Când acu era mai aproape de ieşit afară, demâncatul se gătise, apă tot mai era.

— Dă-mi demâncat, că mi-i foame!

Băiatul, ce să facă el? Ia cuţitul şi-şi taie o bucat' de pulpă şi-i dă apă şi porneşte iar. Iacă, a ieşit pe iasta lume.

Când îl pune jos:

— Să-mi spui tu drept, de unde mi-ai dat tu de-am mâncat la urmă?

— Drept ți-oi spune, pulpa mi-am tăiat-o!

— Drept să-ți spun, să fi știut că ești așa dulce, nu te mai scoteam.

— Acu nu mă poți mânca?

— Hei, acolo era largul meu și strâmtul tău - de-acu ești prea bun la Dumnezeu și nu te lasă să te mănânc! (Știi dumneata, că sub pământ era locul dracilor.) Și omul se face nevăzut. Da' băiatul era saracul flămând, da el uitase că are merele cele-n sân și cheia ceea. Se ia el ș-aleargă, ș-ajunge la casa mâne-sa. Da, știi d-ta, el era leneș, da era de duh, nu așa (parcă numai la dv. sunt de duh? Sunt și dintre noi!). Intră-n casă, da mă-sa era saracă strașnic, că, știi d-ta, ca la boierul când ajunge la mărire, n-o lua pe biata mă-sa s-o ț</je, deși era-mpărat.

— Mamă, n-ai vo bucățică de lumânare s-aprinzi?

— Am, dragul mamei, de la Paște! (O ține, Doamne ferește, de tunet, s-aprindă.) Aprinde lumânarea. Da' el zice:

— Doamne, mamă, tare mi-i a mânca! Am niște pere și niște mere, da' m-a durea la inimă să mănânc.

Da' el n-a luat seama că ele-s de aur. Le-a zvârlit sub o laiță.

— Mamă, iaca, am o cheie, decât tare-i ruginită, mamă, șterge-o și vinde-o și cumpără-mi o pâine.

N-a apucat a o freca oleacă, și-au intrat vo cinci oameni

de fier în casă.

— Ce vreți, stăpânilor? (El era să-nconjure lumea cu cheia aceea; c-atunci avea cheia iadului, putea face cu dracii orice.)

Femeia strașnic s-a înfricoșat de dânșii. Da' băiatul, mehenghi, îndată s-a priceput:

— Masă vrem și vin bun! Îndată au venit niște sufragii și-au pus masa, și ce n-au pus!

Și după ce-au ospătat ei bine, au strâns aceia și s-a dus.

— Ei, mamă! Cheia asta o strâng eu! Acu se făcuse holtei, bun de-nsurat.

— Mamă, eu am auzit că fata-mpăratului e frumoasă. Mă duc s-o iau eu.

— Dragul mamei, tu, un băiat așa sărac, să iei pe fata-mpăratului? Ce mai vorbești nebunii?

— Dacă eu vreau așa?! Du-te, mamă, staroste.

— Da'cum, dragul mamei, să intru eu acolo?

— Du-te, mamă!

El o mâna.

— Cum să mă duc eu cu mâna goală?

— Mamă, ia vezi merele și perele cele, n-au putrezit? Du-i-le acelea!

— Bine zici, dragul mamei. Se ia baba și se-mbracă cu peștiman, pune-un ștergar frumos în cap, ia-n basma acelea și se pornește. Ajunge la poarta-mpăratului. Împăratul ședea-n cerdacul cel nalt. Vede-mpăratul că se luptau ceia cu dânsa, n-o lăsau să intre. Împăratul cela era milostiv, nu ca ista de pe-acu. A gândit că a venit să ceară ceva.

— Lăsați-o, bre! Când au auzit porunca-mpăratului, au lăsat-o.

— Ce vrei, mătușă?

— Apoi prenălțate-mpărate, am venit după un lucru mare.

— Ca ce fel, mătușă?

— Poftim întâi colacii. Vede-mpăratul perele și merele de aur ș-a stat în mirare. Să vadă la o babă de-a noastră! Numai la curțile lor sunt de-acelea.

— Feciorul meu vrea să ieie pe fata d-tale, împărate! Da-mpăratul a stat olecuță și pe urm-a gândit: "Baba asta-i nebună."

— Dacă feciorul tău, zice, până mâine dimineață, în locul casei tale, va face un palat ca al meu ș-o grădină ca a mea, c-o cărărușă de pomi pân' la curtea mea, și-n fiecare pom să cânte păsările, eu i-oi da fata.

— Rămâi sănătos, împărate! Se pornește-înapoi femeia. Iaca, dragul mamei, ce-a zis.

— Bun, mamă, le fac până mâine. Șterge cheia și vin iar cinci oameni de fier.

— Ce vrei, stăpâne?

— Până mâine dimineață să fie un palat tot de sticlă și poleit cu aur și să fie o cărărușă despărțită prin pomi ș-un pom să-nflorească, unul să-nfrunzească, unul să-i pice frunza, să nu fie doi de-un fel. Și cărărușa să fie de catifea, cu iarbă de catifea. Și la fiecare pom să steie câte-un soldat cu sabia scoasă. Și păsările să cânte așa de frumos, să nu poată dormi împăratul și fata-mpăratului!... Eh! încă era mult pân-în ziuă și erau toate gata. Împăratul, dimineața când se trezește, zice fetei:

— De când sunt în palatul ista, cum ne-au cântat păsările acum nu ne-au cântat niciodată (că el nu s-a așteptat la aste, el gândea că păsările din grădina lui cântă).

Când iese-afară și vede, zice: - Bre! mare putere are omul ista! Băiatul zice:

— Du-te, mamă, și cere-i fata să mi-o deie! Se duce baba la-mpăratul, da' el tot o purta cu vorba, că nu-i era voia să-și deie fata după d-aiștia.

— Apoi, mătușă, de azi într-o săptămână dac-a veni c-o trăsură de aur și cai care ar mânca jăratic ș-ar bea pară, i-oi da fata. Da' fata era să se cunune tocma-n ziua ceea dup-un alt împărat.

— Iaca, dragul mamei, ce-a zis: - I-oi face, mamă, și asta. Aude el un vuiet mare strașnic pe afară.

— Oare ce s-aude, mamă? Întreabă mă-sa.

Zice:

— Se mărită fata-mpăratului.

— Cine-o ia?

— Cutare fecior de-mpărat. Vezi, dragul mamei, numai m-ai făcut de râs.

— Ia lasă, mamă, că tot are să mi-o deie. Ia el, șterge cheia. Da era iarna. Și vine omul cel de fier.

— Ce vrei, stăpâne? - Fata-mpăratului s-a cununat

astăzi! Când or dormi, să iei pe mirele să-l pui afară și pe mireasă s-o pui într-o pivniță și-n zori de ziuă să-i aduci iar pe amândoi în casă.

Dimineața intră-mpăratu-n casă.

— Ei, dragii tatii, cum ați dormit?

Zice el:

— Mie, tată, tare mi-a fost frig!

— Ba, zice ea, eu nu știu unde eram, că căutam s-aprind lumânarea și nu găseam, și nu era nici pat, nici nimica.

— Ați visat!

— Da' cum dracu, tată, că, iacă, buricele mi-o înghețat la degete.

— Eu nu-mi simt spatele.

— Ce n-ați zis sufragiului s-aprindă focul? Nu v-a mai fi nimică. A doua seară, iar șterge cheia. Vine iar:

— Ce vrei, stăpâne?

— Vreau să te duci să-i pui pe ginerele împăratului într-o movilă de omăt, când a dormi, și pe mireasă s-o pui în vârful casei!

Pe casă, frig-frig, da' nu era omăt. Ista a degerat. Da' tot îi era milă de dânsa.

— Numai jumătate de noapte s-o lași pe vârful casei.

Când a adus pe mire dimineața, era țapăn. A strâns toți doftorii, n-a mai avut ce-i face - a murit, săracul! Iaca, se-mplinește săptămâna. El iar șterge cheia, vin ceia...

— Mâne dimineață, o trăsură de aur și cai care or mânca jăratic ș-or bea pară, și mie straiele cele mai frumoase din lume să mi le aduci.

Se pune el ca boierii-n trăsură a doua zi și se pornește către-mpăratul.

— Cum îi, voinice? zice-mpăratul.

— Am venit să-mi dai fata.

El se face că nu știe că i-a murit ginerele. I-o dă-mpăratul. Face-o nuntă strălucită, și i-o dă, ș-o duce la palatul lui. Da' lui așa-i era de dragă, de-o prăpădea din ochi. Iacă, aude vrăjitorul că el a ieșit din pământ. Ce să facă el, să poată pune mâna pe dânsul, că el, cât era de vrăjitor și strașnic, da' el avea numai vo doi draci, da ista cheia iadului o avea.

Da' el punea cheia ceea totdeauna pe-o sobă și numai sufragiul știa de dânsa. Da' sufragiul nu prea avea minte destulă-n cap. Iaca, s-a luat el cu fata-mpăratului la primblare. Da' vrăjitorul a luat o mulțime de chei nouă și frumoase, altele de aur, de aramă, de argint ș-a început a striga pe la poarta ginerelui împăratului:

— Cine-mi mai dă chei ruginite, că-i dau de cele de aur?

Și sufragiul, nu prea avea multă minte-n cap, a gândit să dea cheia ceea și să ieie una de aur, că mai bine a prii stăpânu-său. Ehei! și când i-a luat (cheia, i-a luat) săracul toată puterea lui. Îi dă. N-a apucat de-a veni el de la plimbare și palatul n-a mai fost. A rămas el săracul în câmp, nici bordeiul ce-l avea înainte nu era acu. Da-mpăratul i-a trimis așa răspuns pe un logofăt: că dacă pân' în trei zile n-a face palatul cum a fost, îi ia fata și nu i-o mai dă. Acu ți-am spus că mai bine i-ar fi luat zilele decât să i-o ieie pe dânsa. Mare lucru-i dragostea! Ce să facă el? Da' și fata-acu strașnic ținea la dânsul. Nainte mai drag îi era cel degerat, da' acuma! A așteptat el pân' a treia zi; nu-i de chip, n-are de unde să facă palatul. Își ea el ziua bună de la nevastă- sa: cine știe ce jelanie a fi fost acolo!

— Mă duc de-acu-n lumea mea! Merge el și ajunge la o baltă (cam un iaz vine).

— De-acu n-am ce face, mă-nec! Dând așa, frecându-și mâinile, dă de veriguța ce i-a dat-o vrăjitorul când l-a vârât întâi în groapă. Și vine un om de fier.

— Ce vrei, stăpâne?

— Vreau cheia cea de la iad.

— Eu cheia iadului nu ți-o pot da.

— Apoi, ce să fac eu, spune-mi măcar unde-i?

— Apoi vrăjitorul, ca să nu-l ajungă nime, ș-a făcut un palat pe Prut, ș-acu, dacă-i putea merge pân' acolo, el o ține ascunsă sub perină la capul lui.

— Ce să fac eu, cum oi putea s-ajung la dânsul?

— Na-ți, zice, bucățica asta de fier, dă-te de trei ori de-a curu-n cap pe dânsa și te-i face o muscă - pe urmă te-i pricepe cum s-o iei.

Și s-a făcut nevăzut omul cela. Se ia el, se dă de trei ori peste cap și zboară ca musca pân' la Prut. Ajunge acolo, da' vrăjitorul dormea de-amiazăzi. Dă să intre... pe unde să intre? Ferestrele cu obloane, cum se purta mai demult. "Mă vâr pe borta cheii!" Se vâră și se pune pe sobă. Unde se trezește vrăjitorul și unde-ncepe a bate-n mijlocul casei cu niște ciocane și unde-ncepe a ieși la draci, de te luau fiori. Ș-a-nceput a-i trimite pe unde să facă rele, să puie la cale pe oameni să facă rele; decât, când nu vrea Dumnezeu, că el era om pământean, i l-a luat din minte! Așa, după ce-a pus el trebile la cale, a ieșit afară. Musca s-a sculat, a luat cheia de sub perină ș-a început cătinel-cătinel, ș-a zburat afară. Decât bucuria lui nu se mai povestește, c-are să ieie pe fată-napoi. Acu lui nu-i era de dânsul, de dânsa-i era ce-i era. Freacă cheia, vin oamenii cei de fier.

— Să-mi faci palatul iar înapoi cum a fost!

Și acu s-a-nvățat minte: purta cheia tot lângă dânsul. Acu ce să facă vrăjitorul? Era în satul cela o babă sfântă... Pe atunci era lume bună, erau sfinți, nu ca acu. Când te durea capul, când aveai vo boală, numai dacă punea mâna-ți trecea. S-a dus vrăjitorul ș-a omorât baba și s-a îmbrăcat el în straiele ei. S-a-mbolnăvit femeia lui, fata împăratului, decât ce boală, să dea Dumnezeu să am și eu cât oi trăi, decât numai când zicea oleacă valeu, el se prăpădea.

— Ia să chemi pe baba cea sfântă.

Vine; acela era vrăjitorul. Începe-a pune mâna pe capul ei, ca și cum, dragă Doamne, a o descânta. Și când iese el din casă, îi zice vrăjitorul ei:

— Doamne, măria-ta, câtă frumusețe și mândrețe ai în casă și n-ai și un ou frumos de marmură!

— Ca ce fel de ou, mătușă?

— Acela-i numai în fundul pământului!

— Ira! oi zice bărbatu-meu, ș-a trimite pe cineva să-l caute.

Și se duce vrăjitorul.

Intră el în casă.

— Ei, zice, iaca ce mi-a spus baba ast-sfântă.

— Iaca să șterg, dragă, cheia.

Șterge cheia și vin doi oameni de fier.

— Ce vrei, stăpâne?

— Vreau oul cel de marmură de sub pământ.

— D-apoi, bată-te Dumnezeu să te bată (fie-i lui acolo!); câte-ți fac eu, până și cheia iadului o ai, acum vrei să ne iei și toată puterea noastră?...

Vezi d-ta, vrăjitorul a vrut înadins, ca doar duhul cel necurat l-a gâtui.

— Da' eu te-aș omorî, da pentru că știu că asta nu vine de la tine, pentru asta te iert și-ți spun așa: că baba cea sfântă-i vrăjitorul și că azi are să vie c-un cuțit mare și s-a face că pune mâna pe capul femeii tale ș-are să ți-o omoare.

Decât, când a auzit el așa, of! numai tremura! Și se duce omul cel de fier. Acu el își gătește iataganul, și când vine-n casă vrăjitorul, pune pe sufragiu și îl dezbracă-ndată, ș-adevărat găsește-un cuțit mare, știi, ca un chip de cosor, și-l ia cu iataganul și-l face bucățele. Acu era cu deplin fericiți. Acu săracul nu mai știa ce-i durerea, cum știa-nainte, și zice-ntr-o zi:

— Ia hai, soro, să mergem să găsim pe frații mei cei doi. (Da' mama lui murise!) Se iau ei și se pregătesc, și mergând

ei așa, au ajuns la-mpărat. Era strașnic în război cu altul. Tot
să nu fie omul săracu-n pace. Ș-așa era el de scârbit, decât
strașnic lucru. Văzând pe acesta, s-a bucurat ș-a zis așa:

— Fiindcă ești ginere de-mpărat, mi-i da ajutor ș-oi
putea să bat pe vrăjmașul meu.

Așa a gatat armată grozavă și-n sfârșit a dovedit pe
ceala. Acu aiști doi se zice că erau tare fericiți - numai acela,
saracul, era mai necăjit (cel cu rânza). Acela s-a luat și s-a
dus la Frumoasa Lumii. Dă să intre-n palatul boierului
celuia, nu-l lasă să intre. Așa, el a trântit un bal strălucit ș-a
poftit pe toți să vie la balul cela, între care era și Frumoasa
Lumii. Decât așa era ea de frumoasă, cât, când a intrat în
bal, a luminat balul de atâta... să ierți mata. El a început
după aceea jocul pân' în zori de ziuă - unde-a-ntins niște
mese și s-a pus să joace cărțile. El a făcut toate chipurile ca
să joace cu dânsa. El avea mare noroc și se făcea că nu câști-
ga, tot ei să-i deie, că nu mai putea de dragă ce-i era. Acu ea,
văzând atâția bani, s-a minunat ș-a zis așa tătâni-său:

— Hai, tată, să-l poftim pe ista la noi (știi, ori de-a
noastre, ori de-a d-lor-voastre, care vrea să scurgă tot la
parale, trage ori pe cine). Acu el, venind la dânsa-ntr-o
seară cu vo zece pungi de galbeni, a jucat iar în cărți și i-a
dat toți ei, de n-a rămas măcar c-un pitac. Acu ea, văzând
că n-a rămas nici c-o para, a-nceput a râde de dânsul. Și
ploua afară. Și vrute și nevrute a trebuit să-l îmbie să mâie-
acolo. Dormind el, de câte ori s-a trezit, de atâtea ori a găsit
o pungă de bani sub cap.

A doua zi dimineața, când a venit sufragiul să-i deie de spălat, după ce-a mântuit de spălat, i-a pus în mâini vo douăzeci de galbeni bacşiş. Aleargă la dânsa sufragiul. Da' ea zice:

— Bre! de unde are omu-aista atâtea parale?

Vine la dânsu-n casă şi zice-aşa:

— Eu te-oi lua de bărbat dacă mi-i spune de unde ai atâția bani. El zăluzise şi i-a spus, prostul. Da' ea i-a făcut o cafea nu ştiu cu ce şi s-a bolnăvit el straşnic ş-a început a vărsa, ş-a vărsat rânza. Ş-a luat-o ea, a spălat-o cine ştie cu ce, a parfumat-o ş-a înghițit-o ea, ca să găsească ea pungile cu bani. Da' fiecăruia norocul lui.

El mai avea vo zece pungi de bani din noaptea ceea.

Ea l-a dat pe urm-afară. El a-ncălecat pe un cal şi s-a pornit. Mergând cu calul cela, a dat pe-un câmp de flori şi s-a plecat calul să mănânce şi s-a făcut un măgar. El a strâns un mănunchi de flori şi l-a pus în buzunar. Mergând el călare pe măgar mai departe, a dat de un iaz. Se pleacă măgarul să beie apă şi se face iar cal.

— Ei, zice, bună-i asta!

Ia el într-un şip apă şi se-ntoarce-napoi. Ajunge iar acolo, la Frumoasa Lumii, şi din banii ce-i rămăsese mai toarn-un bal straşnic.

Da ea aleargă, ca să mai vadă de unde are bani.

— De unde bani?

— Din mănunchiul ist de flori. El i-l dă. Ea, mirosind, se face măgăriță. El o lasă măgăriță şi iese din casă. Aşteaptă sufragiul să iasă stăpâna afară. Nu-i! Mare păcat! Când se duce-n casă, o găsește măgăriță. Se-ntoarce, ș-o ia de-acolo și pornește călare pe dânsa. Îi dă fân să mănânce (că măgăriță, da' inimă de om).Ea a zis așa cu alean:

— Nu te-oi mai înșela de-acu și ți-oi da rânza-napoi, numai fă-mă cum am fost.

El de multe ce-i făcuse, acu era hapsân și s-a dus pe dânsa până la-mpăratul, la frate-său. Acu aciia era și iestlalt, care ținea pe fata-mpăratului. Și când le-a povestit el lor că măgărița-i Frumoasa Lumii, ei s-au pus pe lângă dânsul ca s-o ierte. Și iertând-o, a băut apă și s-a făcut iar la loc. Și erau acum trei împărați pe o țară. Și-au fost toți fericiți...

Și-am încălecat pe-o șa și ți-am spus-o așa.

Finul-lui-Dumnezeu

Poveste, poveste - da eu nu-s de pe când poveștile - eu sunt de mai încoace, da m-am dus într-o zi la soacră-mea ș'am găsit un sac de povești, și venind a casă l-am scăpat jos și s-o despicat sacul și de-atunci s-o împlut lumea de povești ș' am învățat și eu una și ț-o spun d-tale.

Era odat-un om ș-avea doi feciori. Acu femeea era 'ngreunată ș-o făcut un băiet, da el era sărac, n-avea cine i-l boteza. Iaca pe-acolo era Dumnezeu și Sf. Petrea. Și Dumnezeu i l-o botezat ș-o rămas băietul năzdrăvan.

Da la urma băietului a făcut o fată, ș-așa era de frumoasă, de la soare te puteai uita, da la dânsa ba. Treaba ei era să ducă demâncat în țarină. Ducând ea demâncat în țarină a zărit-o un smău și s-o pus pe-atâta s-o iee. Da finul lui Dumnezeu era năzdrăvan ș-o zis așa fetei: că el a face o brazdă de plug până la demâncat și ea totdeuna pe brazdă să meargă la frații ei. Da finul lui Dumnezeu era năzdrăvan nu era, da smăul strașnic. El a și știut ce-o urzit Frate-său ș-o tras brazdă cu plugul pân' la casa lui. Fata s-a dus cu demâncat drept la curtea smeului. Așteaptă ei să vie - nu-i!

— Eh! mamă, mă duc să-mi caut sora că mi-a luat-o smăul - a zis finul lui Dumnezeu! Ș-o făcut el o boambă de fier la țigani în loc de călăuz și-o zvârlea și el mergea după dânsa.

A ajuns până la o fântână și la un copac. Acolo puindu-

se el să se odihnească, aude zicând așa: Doamne, Doamne,
de-ar veni mama c'acuși ne mănâncă balaurul!

— Oare cine să s-audă?

Se uită-n vârful copacului, vede doi pui de pajere.

— Copiilor, da unde-i balaurul cel care vă mănâncă?

— E aici în fântână.

— Mult v-o mâncat pân' acum?

— Ia, v-o douăzeci și patru.

— Ia las că vă scăp eu.

Se suie 'n vârful copacului lângă pui. Da balaurul întinde
un cap să iee un pui. Da el avea paloș și taie capul. Întinde
și celălalt și-i taie ș'acela. Acu puii nu știa ce să-i facă de
bucurie și zice așa:

— Câți frați am fost noi, pe toți ne-a mâncat, numai noi
doi am rămas. Dac-a veni mama, măre, de bucurie are să te
mănânce; vâră-te sub aripa mea.

S-o vârât sub aripa lui și nu s-a văzut. S-aude un vuiet
mare; vine pajăra. Pajăra era mama vântului.

— Dragii mamei nu v-a mâncat!

— Finul lui Dumnezeu ne-a scăpat.

— Unde-i să-l mănânc de bucurie.

— Mă rog, mamă, dacă l-ăi mânca să-l faci înapoi.

— Da unde-i?

— Îi la răsărit.

Da ea a'nceput a vâjâi tare la răsărit. Da puii zic către
finul lui Dumnezeu:

— Mama, are să-i treac' un foc de-a te mânca pân ce va

ajunge la răsărit. Vine.

— Nu-i dragul mamei.

— Iacătă-li-i, mamă!

Da ea-l ia și-l înghite și când l-o făcut înapoi așa s-a făcut el de frumos, de s-o luminat locul unde era el.

— Ce să-ți fac pentru binele ce mi-ai făcut, că mi-ai scăpat copiii - a zis pajăra.

— Să-mi spui unde-i smăul cu soră-mea.

— Nici n-am văzut, nici n-am auzit. Altmintrele nu-mi mulțumești. Să șuier să-mi vie ficiorul, vântul de la răsărit.

Ș-o șuerat ea odată ș-o venit un om - era statul lui de o palmă și barba lui era de un cot și călare pe-un iepure șchiop. Și-i zice pajăra:

Statu-palmă

Barbă cot

Călare pe-un iepure șchiop

Unde-i smăul ce-a luat pe fată, pe sora lui finul lui

D-zău?

— Nici n-am auzit, nici n-am văzut. Dacă n-o fi știind frate-meu, vântul de la miază-zi.

Când o suflat odată, o venit altul. Aista era mare de stat, cu buzele mari și n-avea ochi. Da când sufla, peste tot locul s-auzea.

— N-ai văzut, n-ai auzit pe smăul care a luat pe fată, pe sora lui finul lui D-zău?

— Nici n-am văzut, nici n-am auzit.

— Ce-i de făcut? zice Pajăra.

— Da n-o fi știind frații noștri cei de cruce?

— Da' unde-s?

— Aciea-s departe. Trebuie să ne ducem loc mult. Na-ți un firicel din părul meu, na-ți și din barba mea și te pornește băiete la drum. Și să pui perii 'n trei și când la o vreme de nevoie să șuieri într-înșii, eu, noi ți-om veni într-ajutor și fă de-a-dreptul pe aici și-ai să dai de pădure și tot te du 'nainte.

Se ia el și se pornește, merge pân-în pădurea ceea... când în mijlocul pădurii vede - o fumărie strașnic de mare încât se 'nnădușia, nu mai putea. S-apropie el acolo pin fum binișor și găsește pe mama smăului—își pârlea părul de pe picioare că era cald strașnic și nu mai putea.

— Bună ziua mătușă.

— Mulțămesc D-tale voinice, da - zice - und-te duci voinice?

— Caut curtea smeului, mătușă.

— I, flăcăule! Mult trebue să mergi pân ce-i ajunge și nu mai rămâi cu zile de te-i apropia.

— Mă rog, mătușă, să-mi spui unde-i drumul cela, că nu mi-i frică... mă duc.

— Eu nu-l știu, dragul mătușii.

El, ducându-se așa prin pădure, aude - un glas de om zicând:

— Valeu, valeu, tare mi-i foame!

El s-apropie. Oare ce să fie acolo? Vede un om șezând, grecește, jos:

— Da ce te vaiți, bade?

— De pe nouă lanuri grâu am strâns și tot pâne l-am făcut și l-am mâncat și tot mi-i foame.

— Hai cu mine.

— Hai.

Mergând el mai departe a auzit un glas de om zicând așa: tare mi-i sete.

— Bună vreme, omule. Pentru - ce ți-i sete, nu găsești apă să te saturi?

— Câte iezăre au fost în pădurea asta toate le-am băut și tot mi-i sete.

— Hai cu mine.

— Hai.

Mergând ei așa mai departe a intrat în altă pădure tustrei ș' aude sub tufe un foșnet. Cine era? Vântul de amiază cel cu buzele mari.

— Bună vreme, vântule, ce faci aici?

— Mă stăpânesc să-mi țin suflarea și să 'mpușc un țânțariu. Da să-l împușc să nu-i sparg pielea.

— Da unde-i țânțarul, că eu nu-l văd.

— Îi lângă soare.

— Lasă, hai cu mine.

— Ba nu. Eu mă duc după țânțar, duceți-vă voi înainte.

Merg ei mai departe și ajunge la palatul smăului. Smăul era la vânat și fata ședea 'n cerdac.

— Bună vremea, soro.

— Mi-o spus smeul că vii după mine. Da-ntoarce-te că te prăpădește.

— Nu mi-i frică.

— El acuş vine, -i la vânat.

Vine smeul.

— Bine-ai venit, finul lui -.

— Bine te-am găsit, câne de smău.

— Hai la luptă.

— Hai!

Ş-o luptat ei trei zile şi trei nopţi şi nu-l putea dovedi şi nu se da nici smăul, nici finul lui Dumnezeu.

El a aprins perii cei doi ş-o venit vântul de la răsărit şi de la amiazi şi când ş-o pus buzele'n trei drept în jumătate a despicat smăul când a suflat. O jumătate a murit că era c-un cap, da o jumătate nu, că era cu două - că era cu trei de toate. Şi s-a rugat finul lui Dumnezeu straşnic la Statul-Palmă-barbă-cot.

— Nu-ţi pot face nimic, că el s-o dus la-mpăratul ţării iştia să spue ce i-ai făcut. De-acu dac-ai pute luptă-te cu acela.

Acu el s-a pornit cu soră-sa.

Când a ajuns aproape de palatul împăratului celuia nu era de chip să treacă, aşa era de straşnic şi mergând el p'înprejur a ajuns la o baltă. Pe balta ceea era trei băieţi şi se băteau de la o cuşmă, de la un biciu şi de la o sulă.

— Ce vă bateţi, măi băieţi?

— Aestea ne-o rămas de la tatăl nostru şi nu ne putem împărţi.

— Şi la ce vă trebue vouă aiste?

— Când pui cușma 'n cap nu te vezi, când dai cu biciul te sui la curtea 'mpăratului, când îi zice: sulă - sulicică - te suie 'n dealul de steclă.

— Da' 'n dealul de steclă cine șade, ce căutați voi acolo?

— În dealul de steclă ține 'mpăratul pe fată.

— De ce o ține acolo?

— Ca să n-o iee smeii.

— Până când?

— Până s-a găsi un voinic ca să omoare smăul... Cel ce-a omorî smăul îi da fata 'mpăratul.

— Măi băieți, eu voi face bună dreptate, vârâți-va toți în iaz și eu v-oi svârli câte una, cine-a prinde mai iute aceluia să fie.

El, viclean, ia toate-n mână, vâră pe băieți în apă și pe urmă dă din bici și-l suie pe dealul unde ședea 'mpăratul la curtea-mpărătească.

La curtea 'mpăratului era o mândreață, că nici nu se poate povesti. Împăratul ședea afară, - era bătrân și bea lulea.

— Bună vremea 'mpărate!

— Mulțămesc D-tale voinice! Tare om trebui să fii d-ta de vreme ce te-ai suit aici la mine.

— Așa 'mpărate, am venit să omor smeul, să-ți scăp fata.

— Smeul n-o venit încă la mine. Da s-aude c' aicia 'n vale 'ntr-un iaz, este noaptea și se cearcă de a se sui să iee fata din dealul cel de steclă.

— Rămâi sănătos, Împărate.

— Mergi sănătos, voinice.

— Mă duc după smeu. Dacă l-oi omorî îmi dai fata.

— Ți-oi da-o.

Ajunge el la iazul cel unde o găsit băieții. Pune cușma 'n cap, se face nevăzut și se pune sub o tufă de buruiene. Da el era frumos și puternic, da era sărac. Pe iazul cela era o covată cu fața-n jos. La miezul nopții aude el un vuet strașnic. Aceea era balta drăcească, venea dracii și da poronci noaptea. Vine dracul cel mai mare, se pune călare pe covată (Scaraoțchi). Ș-o șuerat strașnic ș-o venit draci șchiopi, chiori, ș' o 'nceput să 'ntrebe Scaraoțchi ce trebi au făcut ei?

— Eu am întărtat trei băieți, că doar s-or ucide unul dintr-înșii. Păcatul mare c-o venit finul lu' Dumnezeu și le-o luat.

— Da tu?

— Eu am întărtat pe vântul de la amiazi să rupă 'n jumătate pe smăul cu trei capete și două capete o scăpat, da jumătate-i mort.

— N-ați făcut nici o treabă, să vă 'nvăț eu ce să faceți. Lângă balta asta mai la vale, este o comoară de bani. Comoara unui moșneag și moșneagul are să moară iest-noapte. Duceți-vă și puneți mâna pe banii ceia să fie-a noștri.

— Da dacă ni i-a lua cineva cu putere dumnezeiască?

— Nime nu se poate apropia dac-om pune noi mâna pe dânsa.

— Nime, nime-n toată lumea nu se poate?

— Ba se poate, da iaca ce: dac-a veni finul lui Dumnezeu până ce nu-ți pune voi mâna pe bani și s-a întâmpla s'aducă apă de ceea care l-o botezat și ne-a stropi, ne frige, și el a lua banii.

Cela a auzit. Se scoală dimineața și se pornește să se duc' acasă. Lui îi sburda după bani. Ajunge el acasă.

— Mamă unde-i apa ceea ce m-o botezat pe mine?

A găsit mă-sa 'n biserică lângă sf. Pricestanie și ia el și se pornește iar înapoi. Ajungând acolo - dracii era la bani toți. Se duce și s-apropie, îi stropește. Dracii țipă și-i zic:

— Mă rog, finul lui Dumnezeu, ce vrei ți-om face, numai nu ne arde.

— Dacă mi-i aduce smeul cel scăpat, eu v-oi da drumul.

— Mă rog, iaca mă duc să-l aduc.

Ș-a luat un cârd de draci strașnic de mulți.

— Da viu poate nu ți l-om pute aduce.

— Mort nu vreau, viu să mi-l aduceți.

Și s-o apucat dracii s-o făcut un fedeleș de fier și s-o dus după smeu să-l puie 'n el. Când l-a adus așa era fedeleșul de greu, de numai dracii-l putea ridica.

— Pune-l aici.

Dă din bici și-l sue la - mpăratul cu fedeleș cu tot.

Îi Zice 'mpăratul:

— Ce ai aici?

— Aici-i toată puterea mea 'mpărate… arată-mi fata ori o destup. Împăratul de-odată s'o'ngrozit, da pe urmă (el, viclean) o aduce s-o vadă el. Da-mpăratul pe unde se suie pe dealul cel de steclă nu se ştie, el avea o putere straşnică, neştiută. După ce-a adus-o, da el după ce-a văzut-o a nebunit, aşa i-o picat de dragă. Da, să ierţi d-ta, şi el ei.

— Voinice- te-i cununa cu fata mea, dar dacă mi-i spune cum dai drumul puterii d-tale.

Da el de dragă ce i-a picat fata ş-a pierdut mintea.

— Împărate, eu te-am amăgit, da aicea-i smăul. Împăratul strigă degrabă:

— Omoară-l voinice, că el acuşi sparge fedeleşul, că eu l-am prins odată şi l-a spart.

El de bucurie ca să-i dee fata, odată a 'nceput să ucidă smeul. Îi turna reşin' aprinsă pe la cep ş' o 'nceput aşa de straşnic a ţipa smeul de se cutremura palatu 'mpăratului. După ce-o murit smeul, a'nceput a eşi un fum, aşa de straşnic mirosea de greu, decât voinicul a picat ca mort.

Da-mpăratul, bucuria lui, a luat ş-a pus pe voinic în fedeleş şi i-a dat drumu de vale. Şi el a luat fata ş-a suit-o 'n dealul cel de steclă. Da bietu voinic când a picat el mort i-a rămas sula 'n cerdacul împăratului. Acu, la ce vreme s-a fi trezit el în fedeleş...

— I doamne!, viclean am fost, da mai viclean împăratul. Ce să fac eu? Începe el a se isbi ca să eşă de acolo. Da câtă putere avea el nu putea ca să sparg' acela. Da el mai ave o bucăţică din barba lui Statu-palmă-barba-cot. Aprinzând, începe a veni el cu iepurele cel şchiop pe fedeleş.

— Scapă-mă.

O 'nceput a bate iepurele ș-o spart fedeleșul. (Că toată puterea vântului de la răsărit e 'n iepure; iepurele de ce fuge așa tare?). Scăpând el, îi zice Statu-palmă așa:

— De-acu înc'o dată dacă mi-i chema, apoi pe urmă nu-ți mai fac, că de trei ori îi dată ca să-ți fac bine.

Acu el bate din bici ș' ajunge la-mpăratul. Da-mpăratul svârlise sula.

— Am venit, împărate, să-mi dai fata.

Se face că nu știe, că l-a dat cu fedeleșu 'n jos.

— Eu ți-oi da fata, dacă te-i duce la dealul cel cu flori și mi-i aduce o floare din mijlocul grădinii celeia, eu ți-oi da fata

Se ia el și se pornește, ș-o mers el cale de-un an. Cine era 'n grădină acolo? Era Statu-palmă.

— Ei voinice, tocmai ș-aci ai venit după mine?

— Am venit, mi-ai zis că mi-i mai face un bine. Să-mi dai floarea din mijlocul grădinii iștia.

El i-o dă. Așa era de mândră, așa amirosa de frumos floarea acea de te-adormea. Ajungând la-mpăratul, i-o dă.

— Dacă mi-i mai face ceva eu ți-oi da fata. Eu oi frige (câte tamazlâcuri de vite avea-mpăratul) și dacă le-i mânca într-o noapte, eu ți-oi da fata.

O făcut așa după porunca 'mpăratului și el a zis celui ce nu se mai sătura ș-o mâncat tot într-o noapte. El numa atunci s-a săturat, da pân-în ziuă a și crăpat. Da el a mâncat așa cu lăcomie, încât și păreții hambarului i-o ros. Și s-o minunat Împăratul de-atâta putere.

— Dacă mi-i be câte fântâne (se află la Curte) de apă, eu

ți-oi da fata. El chiamă pe istlalt frate de cruce, care nu se mai sătura de apă, ș-o băut, da o fântână n-o putut-o găta ș-a și crăpat ș' acela.

Lângă curtea 'mpăratului era strașnică pădure.

— Dacă tu-i sufla odată-n codrul meu și s-or strânge toți țânțarii la ușa palatului, eu ți-oi da fata.

El a aprins părul vântului de la amiază-zi. Când s-o dus vântul de la amiază-zi și când ș-o pus buzele 'n patru ș-o suflat, era să 'nghită pe-mpăratul. Așa era de mulți ș-așa bâzâia ei de tare, parcă era 'ntre calici la Ismail.

— Mare putere ai. Zi țânțarilor să se ducă de aici.

— Nu zic, pân ce nu mi-i da fata.

Împăratul l-o luat cu blândeță și l-o amăgit. Ș-o zis vântului ș-o suflat și s-o dus țânțarii de la ușă.

— Dacă te-i sui s-o iei din dealul de steclă îți dau fata.

— O sul' am fost uitat eu aici.

— Eu n-am văzut-o.

A stat el trei zile și trei nopți ș-a gândit ce-i de făcut și i-a venit așa un gând: să mai cheme pe vântul de la amiază. Vântul de la amiază i-a zis așa:

— Înc-un bine am să-ți fac. Am să mă pun în cerdacul împăratului și să 'ncep a sufla. Puindu-se el, suflă și se clătină palatul cât de cât să pice.

— Împărate, dacă mi-i da fata vântu-a sta.

— Palatul las' să pice, da eu fata nu ți-oi da-o.

Da' el zice vântului:

— Pune-te 'n dreptul ușii și 'ncepe a sufla în casă cu câtă

putere ai.

El ş-o pus buzele 'n cinci şi când a 'nceput a sufla, împăratul săria din părete 'n părete.

— Împărate, dă-mi fata că vântu a sta.

— Sui în dealul de steclă ş-o ia.

— Dă-mi sula 'mpărate.

— Sula am svârlit-o în mijlocul iazului lângă covată... acolo unde era dracii.

El era lipit pământului, că vântul nu era să-i facă nimică - cela gătise de făcut, ceia crăpase.

Aşa mergând el la iazul cela, era straşnic palat făcut de draci, unde ţineau banii; şi pe apă mergea o casă făcută straşnic de mândră şi-n casa ceea s-auzea un bocet. S-o luat ş' a 'nceput cu luntricica a merge ş-a ajuns la casa aceea. Casa ceea, când a intrat, era un fecior de-mpărat prins de draci şi-l muncia acolo 'n toate zilele.

— Ce faci aici, bade?

— Iaca m-o prins dracii, c-am luat bani şi eu nu pot scăpa de-aici. Eu am o împărăţie straşnic de mândră, hai să fim noi fraţi de cruce.

— Hai!

— Fraţi de cruce om fi, dar fugi că vin dracii, s-apropie miezul nopţii. El tot mai avea apă de la botez. Aşteaptă la miezul nopţii, vin dracii şi el începe a-i stropi.

— Mă rog, finul lui Dumnezeu, ce-i cere ţi-om da, numa lasă-ne.

— Sula din mijlocul iazului. Se duce ş' aduce dracul sula.

— Acu du-ne până pe deal pe - amândoi ş-apoi nu voi stropi. Ei, de frică i-a dus. El a zis:

— Sulă, sulicică, sue-ne 'n dealul de steclă.

Când l-o suit acolo, atâta de multă jelanie ce-a avut ea după dânsul, c'avea o cadă de lacrămi.

Atunci Împăratul n-a mai avut ce face şi i-a dat-o. A făcut o nuntă straşnică şi pe urmă s-a dus, a adus pe soră-sa de la casa smăului ş-a luat-o fratele lui ist de cruce...

Vasilie-finul-lui-Dumnezeu

Poveste, poveste, cuvânt de poveste, în astă sară la noi soseşte pe un pai de sacară, să te ţin de vorbă 'n astă sară.

Era un om - aşa era el de cu putere că, să ertaţi de cuvântul cel prost, câţi copii se năştea el îi boteza, câţi flăcăi se 'nsura el îi cununa. Ş-avea o fată ş-un băiet. Fata aşa era de frumoasă de la soare te1 puteai uita, dar la dânsa ba. Toţi împăraţii din lume au cerut-o, dar nici vrea să se ducă, nici tată-său nu vrea s-o dee.

Pe acea vreme îmbla Sf. Petrea şi Dumnezeu pe pământ. Fiindcă făcuse minuni, în urmă umbla şi necuratul - cruce de aur în casă. Ajungând la omu cela zice:

— Omule, De ce nu vrei să măriţi fata? o 'ntrebat Sf. Petrea.

— Nu vrea fata să meargă şi nu găsesc om potrivit după dânsa.

— Zi, omule, că eu ţi-oi găsi unu.

Necuratul au auzit asta. Ş-aşa au făcut un vânt ş-au purces fata grea. Acu auzind satul, au început a pierde cinstea ce-o avea omul acela, şi 'ntâi în sat.

O 'nceput să se mire omul, din ce pricină au pierdut el cinstea. Băiatul lui i-o spus: iaca, tată, din ce pricină. Şi omul s-o sfătuit cu mama fetei, s-o prăpădească din pricina

asta. Au tocmit un om, ş-au pus pe fată 'n căruţă ş-au zis s-
o ducă 'ntr-o pustietate, şi să-i scoată ochii amândoi să-i
aducă tătână-său. Omul a luat-o. După fată se ţinea ş-un
căţeluş. Ea s-a rugat la om să-i scoată ochii căţelului s-o lase
pe dânsa teafără. Ea şi-a făcut o gropiţă şi bea apă şi se
hrănea, furnici şi gândaci mânca, aşa să trăiesc eu-

Aşa au dat Dumnezeu şi sf. Petrea - că ea era săraca
nevinovată - ş-au făcut un băiet. Dumnezeu ştiind ce se
petrece au pornit s-o vadă în pustietatea ei şi ea l-a rugat
să-i boteze copilul, şi i-au pus numele Vasilie - finul lui
Dumnezeu.

Aşa cât creştea altu 'ntr-un an, el creştea într-o zi. Şi
Dumnezeu a răsădit un copac şi i-a spus mamei, când a
pute cuprinde copacul să-l scoată din pământ cu rădăcini,
cu crenge cu tot, atunci să-i dee drumu să se ducă să se
răsplătească de dracul. Şi copacul cela în trei ani aşa s-a
făcut de gros cât nu-l puteai cuprinde c-o frânghie cât de
aici la Dorohoi.

Băietul când s-o făcut mare o 'ntrebat:

— Mamă, unde-i tata?

Ea i-a spus lui, că nu ştie cine-i. Zice:

— Eu mă duc, mamă, să-l cat.

— Te-i duce, dragul mamei, da dacă-i pute scoate
copacul de aici din pământ.

Cum a pus mâna, l-o scos cum aş scoate eu o rădăcină de
morcov. I-a făcut mă-sa v-o câteva mălaie şi i-a dat o traistă şi
s-o pornit. Iaca c-o ajuns într-un sat, da el nu văzuse oameni
pân' atunci. Şi i-a venit lui un somn şi s-o culcat jos lâng-o

fântână. Ș-așa i s-o arătat în vis Maica Precista și i-o zis:

— Băiete, degeaba îmbli să găsești pe tată-tău, îmblă mai bine și-ți cată norocul. El se trezește și se uită spre fântână și vede o fată așa ca de vr-o 11 ani și plângea.

— Fată, de ce plângi tu?

— Cum n-oi plânge dacă m-o pus tata acia să mă mănânce balauru!

— Cum de-i balaurul cela?

— Toate fetele din sat le mănâncă și numai eu am mai rămas. (Ea era a boerului care ținea satul cela. A spus că dacă n-a mânca-o și pe dânsa le oprește ploile și stârpește apele, să moară oamenii de foame).

— Da, zice, mult ai să stai, fată, aici pân-ce a veni balaurul să te mănânce?

— Până mâne dimineață.

— Nu știi este v-o șatră aici în sat?

Fata l-o îndreptat și s-o dus acolo ș-a pus să-i facă un paloș, ș-așa au venit el acolo după ce i-au făcut paloșul. Și s-au culcat și a zis fata să se culce lângă dânsul. Ș-așa au adormit el de greu încât n-au auzit când au venit balaurul. Fata s-a trezit și strașnic a 'nceput a răcni și el nu se trezia: îi furase somnu balaurul. Fata l-au apucat de cap ș-a rămas c-un smoc de păr în mână, ș-așa de tare l-au durut pe dânsu, c-au sărit drept în picioare ș' o 'nceput să se lupte cu balaurul. Așa s-au luptat ei trei zile și trei nopți încât au făcut pârae de sânge în loc de apă și l-o dovedit. Ș-o făcut tot numai căpiți de carne cum se fac toamna căpițele de fân și i-o tăiat limba și ochii i-au scos și i-o pus la dânsul în chimeriu ș-au lăsat pe fată și s-a dus. S-a dus să vadă pe măsa că tare-i era dragă. Pe drum s-a întâlnit cu mama balaurilor.

— Bună cale, voinice, zice baba.

— Mulțămesc, mătușă.

— Tare te-aș întreba, voinicule, de ceva. Nu mi-ai văzut băietul? Așa era, cu douăsprezece capete. Strașnic de puternic.

— Da, zice, D-ta câți feciori ai?

— Numai doi.

— Ba eu știu de feciorul d-tale, l-au omorât un voinic de la curtea boierului estui din sat.

Ea i-au mulțămit și s-au pornit. Mai mergând, se-ntâlnește c-un smău.

— Bună cale, voinicule, de mult te cat și nu te găsesc. Știu c-ai omorât pe frate-meu; de acum hai la luptă!

Și s-a luat la luptă. D' acesta era cu douăzeci și patru de capete - strașnic era - și s-a luptat șase zile și șase nopți și nu-l putea dovedi.

— Mă rog lasă-mă, zis-o smăul, și toate avuțiile mele ți le dau D-tale.

— Haide 'ntâi și mi le-i arăta și mi le-i da în mână ș-apoi ți-oi da drumul.

Așa smeul l-a luat și l-a dus la casele lui. Așa de multă avere avea el și pietre scumpe ave cât lumina casa, cât de 'ntunerec să fi fost.

Vasilie-finul-lui-Dumnezeu s-au temut să-i dee drumul. Au făcut un mare poloboc de fier ș-au lăsat numai o bortiță ca să se răsufle ș-o încuiet ușa ș-o luat cheia la dânsul și celelalte case le-au lăsat deschise. Ș-au pornit cu gură la mă-sa:

— Mamă, hai de-acum la mine și-i trăi.

Da nu i-o spus cum au câștigat el averea ceea. Ș-au dus-o acolo la casele smăului ș-o rugat-o:

— Mamă, în toate casele să îmbli, numai în odaia asta ce-i închisă să nu îmbli.

Ea v-o două săptămâni s-au putut răbda. Pe urmă așa a gândit ea în mintea ei: "De ce să nu mă lase băetul meu să într-un casa asta?" Și noaptea când dormea i-au furat cheia. S-a dus la vânat, că era o frumoasă pădure acolo, în toate zilele el se ducea. Ea a discuiat ușa ș-a intrat în casă și smăul văzând c-a intrat în casă i-a zis:

— Femeie, dă-mi o cofă de apă că ți-oi da averea cea mai mare.

Trei cofe. Se îmflă, plesnește vasul. Se 'nvoiește femeia să trăiască cu smăul și să nu-i omoare feciorul.

Se face bolnavă. Miere de urs.

Pădure și casă frumoasă.

Când făcuse Dumnezeu lumea. Doi frățâni: Sf. Soare și Sf. Lună. Nu mai era lume pe pământ, numai ei doi era. El au vrut să se 'nsoare și să iee pe Soră - sa și s-o dus la Dumnezeu să ceară voie s-o iee. Dumnezeu n-o vrut. Și el a venit ș-a zis:

— Hai, soro, să ne cununăm că eu nu mai ascult pe Dumnezeu.

Sf. Lună au zis:

— Mă duc eu să-mi cer voie. Și s-a dus la Dumnezeu și -au zis:

— Doamne! De ce nu vrei să mă iee frate-meu?

— Nu vreu că tu ai să ții noaptea și frate-tău are să ție ziua.

Ș-așa au lăsat-o Dumnezeu și s-o dus și i-au deschis toate porțile iadului și ale raiului și au spus:

— Dacă-i lua pe frate-tău ai să șezi în iad, dar dacă nu-i lua ai să șezi în rai.

Vine ea și-i spune Sf-tului Soare. Sf. Soare au zis: mai bine să șadă 'n iad s-o iee, decât în rai să n-o iee.

S-au pornit să se cunune. Când au început popa a citi, icoanele au început a lăcrima ș-a se face întunerec afară ș-au venit un nour gros ș-o luat pe Sf. Soare și l-o pus la răsărit și pe Lună la apus. Și i-au dat ei așa o putere Dumnezeu, când a porunci să crească pădurile și ape să se facă pe lumea asta și i-a dat numele Ileana Cosinzeana. Într-un fel pe lumea asta și 'ntr-un fel pe lumea cealaltă.

În pădurea ceea ședea Ileana Cosânzeana.

El a bătut la poartă, căci înnoptase tare. Ea l-a primit în casă și l-au întrebat:

— Ce vrei, băiete?

— Iaca, mama s-a 'mbolnăvit și mi-a zis să-i aduc miere de urs.

— Na-ți un cal de la mine, zise Ileana Cosânzeana și te du încețișor pe dânsul. Când îi ajunge drept la amiază, când frate-meu dă fierbințeală mai mare, atunci urșii or să doarmă.

El a ascultat-o ș-o luat miere ș-o venit la mă-sa.

— Iaca, mamă, ți-am adus.

Ea mănâncă:

— M-am făcut sănătoasă.

Brânză de cerboaică.

I s-a arătat în vis Maica Precista. Se duse iar la Ileana Cosânzeana.

— I, flăcăule, la cerbi n-ai să te poți duce până nu-i sta la mine măcar v-o cinci, șase săptămâni, pân-ce oi gata marea de făcut ca să nu poată trece cerboaica să te prindă.

Ileana Cosânzeana era năzdrăvană. Ea știa ce gânduri are el. S-a muncit ea, nu era ploi, n-a putut-o face în șase săptămâni. Smăul gândea că el s-a prăpădit. A făcut curți mai mândre încă și trăia cu mă-sa. Ileana Cosânzeana dacă n-au putut gata marea i-au zis așa:

— Na-ți brânză de asta - care am eu și-i du, că ea nu-i bolnavă.

I-a spus că ea se preface ca să-l omoare și să trăiască cu zmăul.

— Dar mă duc să-i prăpădesc pe amândoi.

Venind el acasă, cum i-a spus Ileana Cosânzeana, a găsit-o.

— Vezi, mamă, cum ai vrut să mă prăpădești, o zis el.

Şi s-o luat de a doua oară la luptă cu smeul. Măsurându-se, l-a omorât. Nu s-a îndurat s-o omoare şi pe mă-sa, ci au pus-o în polobocul în care fusese închis smăul. S-a dus la Ileana Cosânzeana şi i-o spus ce-a făcut cu mă-sa. Ileana i-au zis:

— De-acu încolo s-o laşi şi niciodată să nu te 'ntorci la dânsa c' are să te prăpădească.

— Eu acolo nu m-oi duce, da' de aci nu mă duc.

Că aşa-i picase de dragă Ileana Cosânzeana de o prăpădea din ochi.

Ileana i-o zis:

— Nu se poate să mă iei pe mine, dar du-te şi ia pe fata ceea ce ai scăpat-o de balaur.

Aşa avea o vorbă de n-o putea strămuta nimeni; au ascultat-o şi s-a pornit acolo. Când a ajuns, fata tocmai atunci se cununa.

Călin-Nebunul

Era odat-un împărat ş-avea trei fete şi erau aşa de frumoase, de la soare te puteai uita, da la dânsele ba. Acu, cele două erau cum erau, da' cea mijlocie nici se mai povesteşte frumuseţea ei. Acu câţi feciori de-mpăraţi şi de ghinărari au cerut-o, împăratul n-a vrut să le-o deie. Acu-ntr-o seară au venit trei tineri şi le-au cerut, da el n-a vrut să le dea. Acu ei au ieşit afară şi unul dintr-înşii a prins a fluiera cât s-a făcut un nor mare şi nu s-au mai văzut nici ei, nici fetele. Le-a răpit.

Acu-mpăratul a scos veste-n ţară că cine-a găsi fetele le dă de nevastă. Acu-n satu cela-a-mpăratului era un om ş-avea trei flăcăi. Doi erau cum erau, da unul era prost, şedea-n cenuşă şi-l chema Călin Nebunul. Ş-au zis acei doi fraţi: "Haidem şi noi să căutăm fetele-mpăratului". Da' Călin a zis: "Hai şi eu cu voi". Ş-acei doi au zis: "Hai".

Şi-mpăratul a zis că care s-a porni după fete le dă bani de cheltuială şi straie de primeneală. Acu ei au făcut un arc ş-au zis că unde l-a zvârli, până unde-a ajunge, acolo să poposească.

A aruncat cel mare ş-a mers vo două zile ş-a ajuns. A aruncat şi cel mijlociu şi tot aşa degrabă a ajuns. Da când a aruncat Călin Nebunul, a mers trei luni de zile, zi şi noapte, şi de-abia a ajuns. Acu ei, mergând pe drum, au gătit şi cremenea şi amnaru. De-abia au avut cu ce aţâţa oleacă de foc. Ş-au zis aşa ei înde ei că să păzească focul unul din ei cât or dormi ceilalţi doi, că dacă s-a stinge focul, îi taie capul celui ce-a păzit dintr-înşii. Acu s-au culcat cei doi, şi cel mare a rămas să păzească. Pe la miezul nopţii s-a auzit un vuiet grozav.

Era un zmeu cu trei capete.

— Cum ai putut să-mi calci moşiile de la tată-meu făr' de voia nimănui? Hai la luptă!

— Hai!

Şi s-au luptat ei, s-au luptat, pân' acu l-a omorât pe zmeu şi a făcut din capetele lui trei căpiţi de carne. Acu se trezesc cei doi.

— Uite, voi aţi dormit, da' eu uite ce lupt-am avut.

Acu a doua noapte cel mijlociu era să stea de strajă. Iar pe la miezul nopţii se aude-un vuiet.

— Cum ai putut să-mi calci moşiile lui tată-meu fără voia nimănui?

Aista era cu patru capete.

— Hai la luptă!

— Hai!

Şi l-a omorât şi pe acesta ş-a făcut patru căpiţi de carne din capetele lui. Acu, când s-au trezit ei, o-nceput să-i deie de grijă lui Călin Nebunul că să păzească bine focul. Acu el a treia noapte era să fie.

Acu iar pe la miezul nopţii s-auzi un huiet mare. Un zmeu era - cu opt capete.

— Hi! zice Călin Nebunul, - că şi zmeul era năzdrăvan,

și știa de dânsul - hai la luptă!

— Hai!

Cât se luptă, se luptă cât de cât să nu se deie zmeul. I-a tăiat Călin Nebunul o ureche ș-a picat o picătură de sânge ș-a stins focul. Ș-așa, pi-ntuneric, s-o-nceput ei a lupta ș-în sfârșit l-a omorât Călin Nebunul ș-a făcut opt căpiți de carne. Acu ce să facă el? Foc nu-i. S-a luat el și mergea așa supărat prin pădure ș-a ajuns la un copac nalt și s-a suit în vârful lui ș-a văzut în depărtare o zare de foc. Scoboară el și se pornește s-ajung-acolo și-ntâlnește un om pe drum.

— Bună noapte!

— Mulțumesc d-tale!

— Da' cine ești d-ta?

— Eu-s De-cu-sară.

Călin Nebunul l-apucă și-l leagă de-un copac cot la cot. Mai merge el o bucată bună, și mai întâlnește un om.

— Bună noapte.

— Mulțumesc d-tale.

— Da' cine ești d-ta?

— Eu îs Miezu-nopții.

Ia și pe-acela și-l leagă iar de-un copac. Mai merge el înainte și mai întâlnește un om.

— Bună noapte.

— Mulțumesc d-tale.

— Da' cine ești d-ta?

— Eu îs Zori-de-ziuă.

Îl leagă și pe-acela. El i-a legat, că lui i-era frică să nu se facă ziuă. În sfârșit, ajunge el acolo. Acolo era o groapă mare ș-un cazan c-o pereche de pirosteie mari, și-ntr-însul fierbea vo două-trei vaci șimprejurul pirosteilor se cocea o turtă. Și împrejurul ei dormeau doisprezece zmei și două zmeoaice, mamele lor. Acu Călin Nebunul ia vo doi tăciuni într-un hârb ș-un cărbune-n lulea și, plecând, iacă, i-a venit așa o miroznă de bună din demâncat, și, luând o bucățică, a curs apă clocotită pe urechea unui zmeu și el a țipat strașnic, că toți s-au trezit și l-au prins pe Călin Nebunul.

Ș-au vrut să-l omoare și el a zis:

— Mă rog d-lor-voastre, lăsați-mă, că sunt om sărac!

Da' ei au zis așa:

— Dacă tu ne-i aduce pe fata-mpăratului Roșu, noi te-om lăsa.

Da' el a zis:

— Da' de ce n-o luați d-voastră, că sunteți mai mulți și mai tari?...

— Da' noi suntem duhuri necurate, și-mpăratul are un cocoș ș-un cățel. Noi, când ne-apropiem de palatul lui, cocoșul cântă și cățelul bate, și noi trebuie să fugim... Da' tu-i putea mai bine, că ești om pământean.

Da' Călin Nebunul, viclean:

— Haideți și d-voastră cu mine, că-s eu om pământean și cățelul n-a bate, nici cocoșul n-a cânta.

Da' Călin Nebunul se uită și vede-un voinic ca și dânsul, legat cot la cot de-un copac, și când a văzut că s-a pornit Călin Nebunul, el s-a smucit strașnic, încât au rămas mâinile la copac și el a fugit. Și ei merg, merg pân ce-ajung la poarta-mpăratului. Și era o poartă mare de fier, că nu era-n stare să treacă nime afară de Călin Nebunul. Și el s-a suit pe poartă ș-a zis zmeilor:

— Hai să vă iau câte pe unul de chică să vă dau în ogradă. Și lua tot lua câte unul și cu paloșul le tăia capul, pân ce a tăiat la toți. Ș-a intrat în ogradă, da-mpăratul, de grozav zid și poartă ce avea, ușile erau toate deschise. Călin Nebunul s-a suit sus pe scări, și scările erau de aur bătute cu diamant, ș-a intrat în casă unde dormea fata.

Da' era lună ș-o mândreațe afară, și luna bătea în casă unde dormea fata. Da' fata era așa de frumoasă de cât de nepovestit. Călin Nebunul a sărutat-o și i-a luat inelul de pe mână și s-a dus. Când a ajuns la zmeii cei tăiați, le-a tăiat vârfurile limbilor la toți doisprezece și le-a pus în basma ș-a trecut poarta și s-a pornit la drum. A mers pân ce-a ajuns la cazan. A putut prinde o zmeoaică ș-a tăiat-o, da una a scăpat. A luat pe degetu ista mic turta și pe cellalt cazanu cu carne și-ntr-un hârb oleacă de foc și s-a pornit la drum.

Ș-a ajuns la Zori-de-ziuă și i-a dat o bucat' de carne ș-o bucat' de turtă, l-a dezlegat ș-a zis:

— Hai, du-te!

Mai merge el, ajunge la Miezu-nopții și-i dă ș-aceluia o bucat' de carne ș-o bucat' de turtă și-i dă drumul ș-aceluia. Când a ajuns la De-cu-sară, era mai mult mort de când era legat. Îi dă ș-aceluia o bucat' de carne ș-o bucat' de turtă și-i zice:

— Du-te, bre, 'n pace!

Când a ajuns, n-a apucat a aţâţa focul, şi soarele acu era sus. Fraţii lui atâta dormise, c-acu-ntrase mai de-un stânjen în pământ. Când s-au trezit, a zis:

— I, Călin Nebune, lung-a mai fost noaptea asta!

Da' Călin Nebunul nimica nu le-a povestit din ceea ce s-a petrecut cu dânsul noaptea. Au pregătit ei iar să se pornească ş-a zvârlit tot Călin Nebunul arcul ş-au mers ei aşa pân' la Pădurea de aur. Când au ajuns acolo, le-a zis Călin Nebunul aşa:

— Fraţilor, voi nu-ţi putea trece-n pădurea asta. Faceţi-vă voi o colibă aici şi staţi şi mă duc eu singur.

Aşa, el s-a pornit. Când a ajuns în mijlocul Pădurii cei de aur, fata cea mare a împăratului făcea de mâncat zmeului ei.

— Bună vreme, fată de-mpărat!

— Mulţumesc, d-tale, Călin Nebune. De numele d-tale am auzit, dar a vedea nu te-am văzut. Da' fugi că dac-a veni zmeul te ucide.

— Da cât mănâncă zmeul tău?

Fata zice:

— Patru cuptoare de pâine, patru vaci fripte şi patru antaluri de vin. Zice:

— Ia să văd eu, le-oi putea mânca?

Se pune Călin Nebunul şi mănâncă toate. Iaca, vine şi zmeul.

— Bună vreme, câne de zmeu!

— Mulţumesc, Călin Nebune!

— Am venit să iau pe fată. Na, hai la luptă!

— Stai, să mănânc ceva.

— Da' că, zice, eu ți-am mâncat mâncarea.

— Cu atât mai bine, zice, eu sunt ușor și tu ești greu.

Și se iau la luptă și se luptă și-l omoară Călin Nebunul. Pe urmă zice fetei:

— Rămâi aici, că eu mă duc să scot cele două surori ale tale. Și se pornește. Ajunge-n mijlocul Pădurii cei de argint. Fata cea mijlocie făcea de mâncat ș-aceea. Da' el, cum a văzut-o, i-a căzut strașnic de dragă.

— Bună vreme, fată de-mpărat!

— Mulțumesc d-tale, Călin Nebune! De numele d-tale am auzit, d-a vedea nu te-am văzut.

Da' și Călin Nebunul era frumos, și fetei i-a căzut drag. Da' fata-i zice:

— Fugi, că dac-a veni zmeul te ucide!

— Da cât mănâncă zmeul?

— Opt cuptoare de pâine, opt vaci fripte și opt antaluri de vin.

— Adă-ncoace, să văd, oi putea mânca?

Și mănâncă tot. Iaca, vine și zmeul.

— Bună vreme, câine de zmeu!

— Mulțumesc, Călin Nebune.

— Hai la luptă!

— Stai, să mănânc ceva.

— Că eu ți-am mâncat mâncarea!

— Mi-o fi mai ușor la luptă.

Și se iau, se luptă și se luptă, și-l omoară Călin Nebunul. Da lui așa-i era de dragă fata, de a luat-o cu dânsul la Pădurea de aramă. Când a ajuns în mijlocul pădurii, ș-aceea făcea de mâncat. Aceea nu-l știa, da văzându-l cu soră-sa a-nțeles.

— Unde-ți este bărbatul tău?

— La vânat, Călin Nebune. Da' fugi, c-aista te omoară!

— Cât mănâncă el?

— Douăsprezece cuptoare de pâine, douăsprezece vaci fripte și douăsprezece antaluri de vin.

— Ia să văd eu, oi mânca?

Mănâncă Călin Nebunul, mănâncă, când la un antal de vin nu-l poate bea și zice-așa:

— Cu atâta-i mai tare zmeul decât mine.

Iaca, vine și zmeul.

— Bună vreme, câne de zmeu!

— Mulțumesc d-tale, Călin Nebune!

— Am venit să-ți iau pe fată.

— Ba pe fată nu-i lua-o.

— Hai la luptă!

— Numai să mănânc ceva.

— Eu demâncatul ți l-am mâncat!

— Eu oi fi mai ușor, tu mai greu. Hai la luptă!

— Hai!

Se luptă, se luptă, cât de cât să nu să deie zmeul. Zice zmeul:

— Hai, eu m-oi face o pară roșă, tu te fă o pară verde.

Da' el cu asta a greşit, că para roşă-i mai moale, para verde-i mai tare. Iaca, trecu pe-acolo o cioară pe sus. Şi-i zice zmeul:

— Cioară, cioară, moaie-ţi aripa ta-n apă şi stinge para ast' verde.

Da' Călin Nebunul zice:

— Împărate prenălţate, moaie-ţi aripa ta-n apă şi stinge para ast' roşie.

Cioara, când a auzit - ştii d-ta, a urcat-o - îndată s-a dus. După ce-a udat-o, a-nceput a ciupi dintr-însa, ş-atâta sânge a-nceput a curge, de umblai pân' în genunchi. De acolea el s-a luat cu fetele şi s-a pornit. A ajuns în Pădurea de aur ş-a luat şi pe cea mare şi s-a pornit ş-a ajuns la fraţii lui.

Ş-a zis aşa:

— Fraţilor, pe aste două le-ţi lua voi, dar ast' mijlocie e-a mea; şi s-a culcat să doarmă.

Şi fraţii s-au sfătuit aşa: ca să-l omoare nu se putea, da să-i taie picioarele şi să ieie fetele şi să se ducă la-mpăratul şi să zică că ei le-au scos. Şi i-au tăiat picioarele când dormea ş-au luat fetele şi s-au pornit (aşa era de trudit de lupte, încât n-a simţit când i-au tăiat picioarele).

În zori de ziuă se trezeşte el. Se vede făr' de picioare. Ce să facă? Da' picioarele i le-au luat de acolo, că altmintrele el le-ar fi pus, că era năzdrăvan.

S-a luat el încetişor ş-a intrat în Pădurea ast' de aur. A mers vo trei zile şi vo trei nopţi ş-a ajuns la un palat, aşa de frumosu-i, de nu te-ndurai să te uiţi la dânsul. Ş-a auzit un cântec așa de jale, de i-a rupt inima. Se ia el încetișor și se suie pe scările cele și vede acolo pe voinicul ce-și rupsese mâinile la zmei.

— Bună vreme, voinice!

— Mulțumesc d-tale, Călin Nebune, da' ce-ai pățit?

Și el începe a-i spune toate câte-a pățit.

— Hai să fim frați de cruce!

— Hai!

— Da d-ta cine ești? l-întreabă Călin Nebunul.

— Eu, zice, s-un fecior de-mpărat, și pădurile astea au fost toate a tătâne-meu și ni le-a luat zmeii; da' de când ai omorât pe zmei, acu iar suntem noi în stăpânire, și eu pentru că-s făr' de mâini trăiesc aici. Eu făr' de mâini, tu făr' de picioare, om trăi bine. Călin Nebunul se prinde cu mâinile de gâtul feciorului de-mpărat și se primblă prin pădure. Așa într-o zi, aude un foșnet în frunze. Da' fratele lui cel de cruce zice așa:

— Eu m-oi apropia încetișor și ți-oi da drumul, și tu prinde cu mâinile.

Dându-i drumul, prinde pe zmeoaica cea scăpată și zice așa:

— Fă-mi mie picioare și istuia mâini, ori te omorâm. Și zmeoaica zice:

— Ia, aicea, ca de un stânjin de departe, este o baltă; vâră-te acolo, că-i ieși cu picioare și istlalt cu mâini.

Da' Călin Nebunul, mehenghiu:

— Vâră-te tu întâi.

— Ei... ba vârâți-vă d-voastră!

Da' Călin Nebunul rupe o crenguță verde ș-o moaie-n apa ceea ș-o scoate uscată, ș-o-ncepe a pumni, ca ce-a vrut să-i usuce.

— Mă rog, nu mă bate, căci este la dreapta altă baltă.

Călin Nebunul vâră o crenguță uscată ș-o scoate verde, și se vâră el acolo și se scoate cu picioare și cellalt cu mâini. Și ia ș-o omoară pe zmeoaică, că știa că-n orice vreme are să-i facă rău. De acolo ei se iau iar și zice Călin Nebunul așa:

— De-acu eu mă duc să-mi caut pe nevasta mea, da-ntâi hai să mă duc într-un loc care ți-am spus eu, la fata-mpăratului Roșu.

Și se iau și se pornesc. Mergând ei printr-o pădure, aproape de curtea-mpăratului, o cules Călin Nebunul o basma de alune. Ajungând la poartă, a auzit un vuiet mare. Da'ei erau îmbrăcați cu ițari și cu cojoc și-ncinși cu chimiri. Da'baba cea de la poartă era de-a noastră.

— Bună seara, mătușă!

— Mulțumesc d-tale, voinice!

— Da' ce-i aici, ce s-aude?

— Se mărită fata-mpăratului.

— Da' cine o ia?

— Bucătarul, c-o ucis doisprezece zmei.

Da' Călin Nebunul îi zice-așa babei:

— Mătușă, iaca-ți dau un căuș de galbeni, să-mi faci ce ți-oi zice.

— Ţi-oi face, voinice.

El a luat basmaua ceea de alune. Era basma de-a noastre - neagră, cu floricele p-împrejur - ş-a pus inelu-n mijloc ş-a zis aşa:

— Du, mătuşă, şi pune dinaintea împăratului, măcar că te-or ghionti şi te-or da afară, vârâ-te-aşa, cu de-a sila.

Baba s-a dus ş-a intrat în ghionturi, ca acolo, ş-a pus pe masă, ş-a ieşit. Când i-a dat Călin Nebunul căuşul cel de galbeni, ea straşnic s-a bucurat... că ea nu cât să-l fi avut în viaţa ei, dar nici nu l-a văzut. Împăratul când a pus mâna pe basma, alunele a-nceput a durăi pe masă ş-a rămas inelu-n mijloc.

Fata a zis:

— Iaca, tată, inelul meu, pe care nu se ştie cum l-am prăpădit.

Împăratul a-nceput a striga:

— Cine-a adus basmaua cu alunele?

Logofeţii au spus că baba cea de la poartă. Degrab-au strigat s+aducă cine-a adus. Se ia Călin Nebunul şi intră. Da' mirele, ţiganul, şedea pe trei perini de puf. Când a fost Călin Nebunul în pragul uşei, o perină a căzut de sub ţigan. Când a fost în mijlocul casei, a picat ş-a doua şi ţiganu-a zis: "Încet, să nu mă tăvăleşti". Când a fost lângă-mpăratul, a căzut ş-a treia perină, că de! ţiganului nu i se cădea să şadă.

Zice-mpăratul:

— Cum, voinice, inelul fetei mele a ajuns la d-ta?

— Împărate prenălţate! Iaca cum şi iaca cum.

Da' țiganul:

— Ce spui minciuni, că eu am ucis zmeii...

Da' Călin zice:

— Împărate, s-aducă toți zmeii, să vezi: este vârful limbilor?

A adus, și cu adevărat nu era. Atunci el le-a scos și i le-a arătat. Atunci împăratu-a strigat s-aducă calul cel mai bun din grajd și-a legat pe țigan la coada calului, ș-a pus ș-un sac de nuci ș-a dat bici calului... Unde pica nuca, pica și bucățica din țigan.

Acu-mpăratul a zis:

— De-acu, voinice, mi-i fi ginere.

— Da' Călin a zis:

— Ba nu,-mpărate, că mie alta mi-a căzut dragă, da eu am un frate de cruce aici cu mine, tot fecior de-mpărat, s-o ieie-acela.

Și l-a adus, deși fata ar fi vrut mai degrabă după Călin Nebunul; dar, dă, cu istălalt era potrivită. Ș-a făcut o nuntă strașnică, de-a ținut vo trei săptămâini; luminații, lăutari, ce nu era.

— De-acu mă duc să-mi găsesc pe-a mea.

Cât plângeau ei și stăruia, da' n-a putut să-l potrivească să rămâie. Ș-a pornit. Când a ajuns el la casa tătâni-său, era un palat strașnic ș-un cârd de porci, și-l păștea un băiețel ca de vro șapte ani. Că de când îi tăiase picioarele, acu era vo opt ani de zile.

— Bună vreme, băiețele!

— Mulțumim d-tale, bade!

— Cine șade-n curțile ieste?

— Ia, niște voinici care au luat niște fete de-mpărat, care le luase zmeii.

— Da' cum trăiesc ei, pe care fete au luat?

— Cel mai mare a luat pe fata cea mare, cel mijlociu a luat pe cea mică.

— Da' cea mijlocie?

— Aia au pus-o de păzește găinăria.

— Da' tu a cui ești?

— Mama-mi spune că-s a lui Călin Nebunul, cine-a mai fi acela...

Da el, când a auzit așa, numai el știa inima lui, că dă, să ierți mata, cinstita fața matale! era a lui.

— Da' mă rog, bade, ajută-mi a da porcii-n ocol.

Merg porcii, merg, când o scroafă nu vrea să intre.

Călin Nebunul a trântit cu drucu-n scroafă. Ea a-nceput a țipa alergând, porcii - toți după dânsa. Decât a auzit ei ș-au ieșit afară ș-au început a striga, care-i acolo de bate porcii? Da' Călin Nebunul intră-n ogradă. Ei, cum l-au văzut, l-au cunoscut. Și s-au sculat îndată și s-au pus în genunchi înaintea lui:

— Iartă-ne, frate, că ne cunoaștem greșala.

Da' Călin a zis așa:

— Ba nu, fraților, hai să facem o bombă de fier, și noi să ne punem tustrei alături, ia-așa, cum faci cruce. Ș-o aruncați unul din voi în sus, că-i știut că pe care-a cădea, acela-i vinovat.

Ș-au aruncat în sus, ș-a căzut pe cei doi și i-a făcut mii de fărâme.

Și el a făcut o nuntă strașnică. Da' el nu era așa tare la inimă ca să ție pe-acelea de rău, ca aceia pe asta a lui, el tot ținea ca la cumnatele lui. Ș-a făcut un bal strașnic, și eram și eu acolo... și ei au făcut o ulcicuță de papară și m-au dat pe uș-afară. Da' mie mi-a fost ciudă, și m-am dus în grajd și mi-am ales un cal cu șaua de aur, cu trupul de criță, cu picioare de ceară, cu coada de fuior, cu capul de curechi, cu ochii de neghină, ș-am pornit p-un deal de cremene: picioarele se topeau, coada-i pârâia, ochii pocneau. Ș-am încălecat pe-o prăjină și ți-am spus o minciună, ș-am încălecat pe-o poartă și ți-am spus-o toată.

Borta Vântului

En unom sărac-sărac ş-avea o mulţime de copii. Acu' eraîn vremea foametii şi el a muncit vo săptămână pe un căuş de grăunţe. Acu' s-a dus la râşniţă cu dânsele.

După ce le-o râşnit, a ieşit afară cu căuşul cu făină şi s-a pornit o furtună mare şi i-a luat toată făina din căuş. Da' el straşnic s-o mâniat. „Nu mă las eu aşa, cu una, cu două", şi face un şumuiag de paie şi porneşte.

Îl întreabă un om:

— Unde te duci, cumătre?

— Mă duc s-astup borta vântului, că mi-a luat făina din căuş.

— Da' unde-i nimeri-o?

— Unde-a fi, acolo mă duc.

Mergând el loc depărtat, a ajuns pe Dumnezeu şi Sfântul Petrea (erau pe pământ pe-atunci).

— Unde te duci, omule?

— Mă duc s-astup borta vântului, că mi-o luat făina din căuş.

Da' Dumnzeu i-o zis aşa:

— Omule, nu te mai duce. Na-ţi o nucă... da' pân-acasă să nu zici „Nucă, deschide-te".

Întorcându-se el înapoi, a-nnoptat ş-a ajuns la un om şi s-a rugat să-l primească să doarmă acolo peste noapte.

— De unde vii, bade? îl întreabă omul cela.

— Mă duceam s-astup borta vântului ş-am întâlnit un nebun pe drum şi mi-o dat o nucă şi-a zis să nu zic pân-acasă „Nucă, deschide-te". Ce-a mai fi şi asta?

Femeia omului, vicleană. Ia o nucă-n mână şi zice:

— Ia să-ţi văd nuca.

Îi schimbă nuca omului. Şi peurmă se duce-ntr-un ocol şi zice „Nucă, deschide-te".

Dac-o zis, atâte vite ce-o ieşit, oi, cai, hei, o bogăţie întreagă! Ştii mata, putere dumnezeiască!

Se duce-a doua zi acasă şi zice „Nucă, deschide-te". Nuca de unde să se deschidă!

— Hai, bată-mi-l Dumnezeu vânt şi moşneagul lua-l-ar dracu! Mă duc s-astup borta vântului şi să bat pe moşneag de ce m-o viclenit.

Ajunge iar pe Dumnezeu.

Da' Dumnezeu, ştii, putere dumnezeiască, acu era altfel la faţă... nu l-o cunoscut.

— Unde te duci, bade?

— S-astup borta vântului şi să ucid moşneagul; la ce m-o viclenit?

— Na-ţi, bade, un măgar. Da' să nu zici pân-acasă „Măgar, baligă-te".

— N-oi zice.

Se-ntoarce el iar pe la omul cela. Da' omul cela-l ospătează şi-i dă vin să beie, şi omul s-o chefăluit şi-a adormit pe laiţă. Da' erau nişte ţigani cu şatra acolo ş-aveau măgar şi omul s-o dus ş-o cumpărat ş-a schimbat măgarul.

Omul a doua zi se scoală, ia măgarul şi se duce-acasă şi-i zice „Măgar, fă bani!"

Măgarul, de unde? El apuc-un druc şi-ncepe a dişăla măgarul.

— Acu nu-l mai iert eu.

Se porneşte să-ntâlnească pe moşneag şi s-astupe borta vântutui. Întâlneşte pe Dumnezeu.

— Na-ţi, bade, o cârjă, da' să nu zici pân-acasă „Cârje,-ncârjeşte-te".

Ia cârja, vine pe la omul cela. Acu' omul i-a dat şi mai straşnic ospăţ şi s-a sfătuit că dac-or vedea ce-a mai da şi cârja, pe urmă să-l omoare, ca să nu prepuie că el l-o luat. Acu zice omul femeii:

— Măi femeie, noi hai cu cârja-n beci" şi să-nchidem uşa ş-a să zicem „Cârjă,-ncârjeşte-te'.

Se vâră. Cârja unde-ncepe a bate ş-a zdrobi. Până omul era cu chef, până s-a trezit, ei erau ucişi ca merele.

— Bade, ţi-om da şi măgar şi nucă, numa', mă rog, scoate-ne! Acu' omul i-o lăsat de i-o bătut şi mai bine. A luat măgarul, cârja şi nuca şi s-o pornit acasă.

Aşa s-a făcut de bogat acu, de-a ajuns veste pân'la-mpăratul. Atâţia bani avea el, de-o semănat ş-o crescut grâu de aur. Acu-mpăratul a auzit că are un lan de aur ş-o trimis doi sufragii să-i deie sămânţă, să semene şi-mpăratul.

— Să spui împăratului că nu vreau să-i dau, să văd ce mi-a face.

Împăratul, când a auzit aşa, straşnic s-o mâniat ş-o gătat oştire să se ducă cu război asupra lui. Împăratul era frunte, ştii, mai mare. Ş-a venit pân' la uşa lui ş-o strigat să iasă afară. Da' el avea bani, da' tot cu straie de-ale noastre, nu cu straie leşeşti. El pune cârja sub suman şi iese afară. Acu-mpăratul cu atâtea mii de oameni i-a fost ruşine singur lui să se ducă el numa' cu unul să se lupte. A zis:

— Omule, arată-ţi tu întâi puterea.

— Bine, măi împărate. Cârje,-ncârjeşte-te, la tot soldatul câte două şi la împăratul nouă! (Cârja era dumnezeiască, tot în cap bâcâia.)

O nebunit şi pe soldaţi şi pe-mpăratul. S-o dus împăratul, ş-o rămas în pace ş-o trăit bine.

Să dea Dumnezeu să trăiască şi copiii mei aşa.

Comoara misterioasă

Dupa E.A. Poe

Nenorocirile schimbă firea oamenilor. Din veseli îi face trişti, din trişti îi face veseli, încât si ei se minunează de aceste transformări ale naturii.

Într-o ţară îndepărtată locuia cu părinţii lui Contele Soex, coborâtor dintr-o familie de mari seniori, a căror bunici îsi plimbase plictiseala peste mări şi ţări.

Pe moşia lor de mii de hectare, făcuse tot ce mintea poate să imagineze. Adusese din India un castel întreg din lemn, pe care luni de zile îl transportase corăbiile bucată cu bucată. Reclădit într-o pădure seculară, această locuinţă exotică servea ca adăpost pentru vânătoare.

Viaţa de lux şi trândăvie ruină complet pe aceşti nobili. Fiul lor, Edgar, vesel altădată, după moartea părinţilor, rămase foarte sărac şi posomorât. Nemaiavând ce să facă, mai de nevoie, mai de ruşine, într-o zi se hotărî să părăsească ţara unde se născuse şi crescuse; auzise dânsul de la diferiţi călători de o ţărişoară mică, dar frumoasă. Aceştia îi povestiseră că, în vechime, pe locurile româneşti au trăit regi şi prinţi foarte bogaţi, ale căror averi, de frica barbarilor, le îngropase în locuri unde numai ei şi servitorii lor credincioşi ştiau unde sunt ascunse. Murind în lupte, comorile rămâneau pierdute pentru totdeauna. Astfel Edgar, după multe încercări nereuşite, se stabili într-un sat de la gurile Dunării. își făcuse un cort și se ocupa cu vânătoarea și pescuitul. Luase în pribegia lui pe fiul indianului pe care îl aduseseră părinții lui odată cu acel castel fantastic.

Mama și tatăl lui muriseră, încât bietul negru rămase singur pe lume, ca și Edgar, fiul stăpânului său. Amândoi își petreceau vremea cu vânatul și pescuitul.

Din trunchiul unui copac bătrân își făcură o lotcă. Spre asfințit, îi vedeai în largul mării, în căutarea hranei. Într-o zi zări din depărtare o insulă care părea că este spatele unui uriaș din poveste care aștepta să se ridice.

Fiindcă se înnoptase, se hotărâră că, a doua zi în zorii zilei, să se ducă într-acolo, spre a o explora. Ajunși la țărm, încercaseră să debarce. Dar observară insula pustie. Din depărtare însă auziră fluierături misterioase. Până să se dumirească, mii de șerpi cu gurile căscate săreau și încercau să se apropie de îndrăznețíi vizitatori.

Cum nu aveau asupra lor nici o armă, se refugiaseră în lotcă și se îndreptau la cort, cu hotărârea de a se întoarce înarmați în ziua următoare. Cum stau în fața focului, pregătindu-și cina, deodată se prezintă în fața lor un tânăr chipeș și foarte distins.

— Bucuroși de oaspete?

— Sunteți bine venit, domnule! răspunse Edgar, întinzându-i mâna.

— Mă recomand prințul Glinká.

— Contele Edgar de Soex.

După ce își istorisiră viața lor, prințul, înainte de plecare, le istorisi legenda insulei misterioase.

— Ați văzut, nu este așa, insula este foarte vechie, e din timpul grecilor care veneau la Tomis, și în drum, când rătăceau drumul, poposeau acolo. Bătrânii spun că a fost acolo un templu de marmoră măreț, unde slujea un preot care avea o fată distinsă și frumoasă. El era și vrăjitor, căci venind din Elada, adusese diferiți șerpi pe care îi întrebuința pentru leacuri. Se dusese vestea de minuniile preotului care lecuiește orice boală. Bolnavii din lumea întreagă veneau să-și caute mântuirea.

Un prinț, cel mai bogat din vechia Eladă, era bolnav fără leac. Chiar zeii prin gura oracolului din Delfi, i-au prezis moartea. Disperat, el se hotărî să încerce, înainte de a muri, și sfaturile acestui preot vestit. În patria lui însă legea oprea să emigreze în alte țări pe nababii ținuturilor.

Cu multă greutate obținu favoarea de la rege să plece, ridicându-și averile. Zece corăbii umplute cu aur și pietre scumpe plecară în larg. Bătrânul prinț fu însoțit de fiul său si de un servitor credincios. Soția lui murise de întristare mai de mult. Luni de zile se luptară ei cu furia valurilor și a vânturilor.

După multe suferințe, corăbiile ajunseră la insula misterioasă. Averile fură descărcate și prinții fură primiți cu multă cinste de locuitorii insulei și de marele preot cu fiica lui. Bătrânul prinț se însănătoși. De bucurie se hotărî să nu mai părăsească insula. Fiul său se căsători cu fiica preotului, ducând cu toţii o viaţă ferită de lipsuri.

Dar Agamemnon, rivalul bătrânului prinţ, se hotărî să se răzbune în contra lui, pentru că plecase fără să-i achite o datorie ce o avea, care se ridica la o sumă mare.

„Am să-i arăt eu, zgârcitului, cum trebuie să se poarte cu datornicii-" Zis şi făcut. Se îmbarcă pe trei galere cu o ceată de voinici şi plecă să se războiască. Câţiva pescari aduseră vestea în cetate căci îi zăriseră în larg. Bătrânii îngropară în grabă comorile.

Unde? Nu se ştie! Apropierea lui Agamemnon îi înspăimântară aşa de mult, încât părăsiră cu toţii insula. Rămaseră numai şerpii care aveau locul lor în altarul sfinţit şi care deveniseră foarte răutăcioşi când preotul încercare să-i ridice pentru a fi îmbarcaţi în corabie. Erau asa de furioşi, încât l-au muscat de mâini cu atâta putere pe bietul preot, încât acesta leşină. Părăsind insula îi blestemă să trăiască înmulţindu-se şi mâncându-se unii pe alţii.

Insula de o mie şi mai bine de ani a rămas pustie. Pescarii cântă pe o arie veche aceste cuvinte populare rămase la gurile Dunării:

A fost odată un prinţ bogat,
Valurile, vânturile...

Şi dânsul aici a îngropat
Comori de aur şi-a plecat;
Valurile, vânturile!
A fost şi-un preot minunat,
Valurile, vânturile...

Ce multă lume a vindecat
Cu şerpii cari l-au trădat;
Valurile, vânturile...

Şi insula e tot pustie,
Valurile, vânturile...

O străbate o armonie.
O neînţeleasă poezie;
Valurile, vânturile...

— Minunată povestire- exclamă plin de entuziasm
contele Edgar.

— Vedeţi să n-o visaţi la noapte! adăugă râzând
prinţul Glinká, salutându-şi prietenul la plecare.

Trecu multă vreme. Edgar de Soex şi servitorul lui
credincios Bob se deprinseră cu viaţa de vânătoare şi
pescuit. Pentru ca să-şi alunge urâtul, contele devenise
un colecţionar pasionat de scoici, şopârle, scorpioni, raci
de mare şi alte lighioane. Avea o colecţie pe care
locotenentul de grăniceri Şuteu i-o pizmuia.

Servitorul Bob îl întovărăşea în plimbările sale,
nevoind să-şi părăsească stăpânul, pe care de bunăvoie îl
urmărea ca pe o umbră, într-o zi, prinţul Glinká, cu
puţin înaite de apusul soarelui, se duse să-şi revadă
prietenul, de care nu mai ştia nimic de câteva săptămâni.
Sosit la colibă ciocăni şi, neprimind răspuns, căută cheia
în locul obişnuit şi intră. Un foc bun pâlpâia în vatră.

Dezbrăcă scurteica şi se aşeză într-un fotoliu aşteptând pe Edgar. Într-amurg sosiră şi ei. Bob se apucă râzând să pregătească cina, fericit că vedea pe stăpânul său vesel ca în copilărie, rare clipe, de când părăsise oraşul natal şi se refugiase în acest colţ de lume.

Edgar era entuziasmat. Găsise la marginea ţărmului un rac de mare foarte curios ca înfăţişare, pe care îl credea o piesă rară pentru colecţia lui, şi voia să-mi dau şi eu părerea a doua zi.

— Pentru ce nu în astă-seară? întrebă curios prinţul Glinká.

— Ah! dacă aş fi ştiut că eşti aici! Dar nu puteam să ghicesc, întorcându-mă, am întâlnit pe locotenentul Şuteu, rivalul meu în căutare de piese rare pentru colecţiunile noastre. I-am împrumutat racul, pe care mi-1 va înapoia tocmai mâine. Dormi aici- O să vezi cel mai încântător lucru al creatiunii. Are culoarea aurului si nu e mai mare decât racul obişnuit, dar poartă nişte mustăţi... parcă ar fi bătute cu diamante.

— Racul e în întregime de aur, de la cap până la coadă, întrerupse Bob, afară de musteţile lui. Este mai greu ca tot ce am văzut vreodată.

— Ai dreptate, răspunse Edgar, dar bagă de seamă să nu-ţi ardă mâncarea pe foc. Acest rac străluceşte ca aurul şlefuit. De alfel, vom vedea mâine. Am să încerc să ti-1 desenez.

Edgar se aşeză la masa mică, luă un condei şi cerneală,

dar nu găsea hârtie.

— Nu face nimic- Asta ajunge.

Scoase din buzunar o bucată de hârtie groasă, foarte murdară şi făcu deasupra o schiţă. După ce isprăvi desenul, îl întinse lui Glinká; dar în acelaşi moment o mârâială se auzi si un câine enorm, propietatea lui Edgar, se repezi în cameră sărind şi linguşind. Când putu să scape de câine, prinţul luă hârtia şi rămase foarte nelămurit de desenul prietenului său.

— Nu văd nici un rac, zise Glinká. îmi pare că ai desenat un cap de mort-

— Un cap de mort? zise Edgar. Ah! da... Pricep! Seamănă puţin — dar foarte puţin, observă bine!

— Se poate. Mă tem însă că nu eşti bun desenator. Mă aşteptam să văd racul asa cum mi l-ai. . .

— Cu toate astea nu sunt un neîndemânatic; am avut buni profesori şi mă laud că desenez destul de bine.

— Glumeşti, prietene! Desigur, a craniu poate să semene schiţa ta, dar nu-i defel un rac! . . .

— Musteţele- zise Edgar, musteţele- ... îmi pare că le-am redat destul de bine.

— Foarte bine, dar nu le văd?! îi întinse hârtia, căci desenu semăna, să juri, cu un cap de mort.

Edgar luă desenul supărat şi voia să-l arunce în foc, când deodată îngălbenii. Examină curios hârtia, luă o lumânare şi se aşeză tocmai în colţul celălalt al odăii. După câteva minute de atenţie, scoase portofoliul şi o vâră înăuntru cu grijă, apoi se adânci pe gânduri. Prinţul Glinká, văzând situaţia, plecă fără să mai zică nici un cuvânt.

O lună după această întâmplare, dânsul primi vizita lui Bob.

— Ei bine? ce mai e nou Bob? Ce mai face stăpânul tău?

— Rău - răspunse el - stăpânul nu se plânge, dar e rău bolnav.

— Cum se poate - A căzut la pat?

— Nu, nu-i la pat. Chiar din pricina asta boala se înrăutăţeşte.

— Nu înţeleg, Bob.

— Stăpânul a devenit cu totul gânditor. Acum are capul plecat, umerii gârboviţi, e galben la faţă, şi toată ziulica nu face decât să numere si iar să numere.

— Numere!

— Da, pe o placă. Apoi rătăceşte ceasuri întregi fără să-l mai văd... şi când se întoarce, pare mai obosit şi mai prăpădit.

— Nu poţi tu să-ţi explici pricina purtării? I s-a întâmplat ceva care să-l supere?

— Nu, nimic nu i-a tulburat liniştea până la găsirea acelui blestemat de rac.

— Atunci cum ...?

— Eu bănuiesc că stăpânul Edgar a fost muşcat la cap de racul de aur.

— Ei, fugi încolo, Bob-

— Are destui cleşti la picioare şi o gură. Doamne, n-am mai văzut niciodată un rac asa de rău ca acesta. Pişcă si muscă tot ce simte aproape de el. Stăpânul meu cred că a fost muşcat când l-a prins. Ce gură înspăimântătoare- Mi l-a dat să-l ţiu şi eu, dar n-am vrut să-l apuc cu degetele, l-am luat cu o bucată de hârtie care-i acoperea gura.

— Şi crezi tu în adevăr că Edgar a fost muşcat de acest rac veninos?

— Sunt sigur. De atunci numai visează decât aur, aur şi iar aur. Iată dovadă că a fost muscat de racul de aur.

— De unde ştii tu că visează aur?

— Stau la pândă şi îl aud, noaptea, cum vorbeşte prin vis

strigând mereu: „Aur, aur, aur-"

— Mai şti, poate că ai dreptate. Dar pentru ce ai venit la mine, Bob?

— Am fost prea tulburat, de am uitat să vă dau scrisoarea de la stăpânul meu. Iat-o.

„Prietene,

Pentru ce n-ai mai venit pe la mine de atâta vreme? Sper că nu te-ai supărat de neaşteptata şi repedea mea schimbare. Am avut de atunci o mare pricină de nelinişte pe care nu îndrăznesc să ţi-o încredinţez.

Nu mi-e bine şi Bob mă plictiseşte cu sfaturile şi întrebările sale. Nimic nou în colecţia mea zoologică. Dacă poţi, vino imediat cu Bob. Te aştept cu nerăbdare- Am să-ţi comunic ceva foarte grav şi misterios.

Al d-tale cu totul devotat,

Edgar de Scex"

Această scrisoare mări neliniştea prinţului Glinká. Oare să fi înnebunit bietul meu prieten? Ce înseamnă acea mărturisire stranie şi de aşa mare importanţă?!

Fără să mai zică un cuvânt, prinţul şi cu Bob plecară spre coliba lui Edgar.

Bob ducea pe umerii lui laţi şi puternici trei casmale noi.

— De unde le-ai cumpărat?

— Din ordinul stăpânului le-am cumpărat din oraş şi nu ştiu ce are să facă cu dânsele. Cred că si aceste unelte i-au fost cerute de racul de aur.

După un drum de trei ore cu barca, ajunseră la colibă. Edgar ne aştepta cu o nerăbdare de om bolnav. Ochii lui aveau o strălucire nenaturală, făcând să reiasă şi mai mult gălbeneala feţei.

— Ei, ce mai faci, prietene Edgar?

— După cum vezi, sufăr şi sunt chinuit de o mare nelinişte.

— Locotenentul Şuteu ţi-a înapoiat racul?

— Da, şi pentru nimic în lume n-am să mă despart de acest rac, căci bietul Bob avea dreptate, este un rac de aur. El mă va îmbogăţi şi îmi va da toate averile pe care părinţii mei le-au pierdut. Pentru ce n-as tine atât de mult la el. Bob, du-te de-1 caută si adu-mi-1 aici!

— Niciodată — zise negrul cu spaimă. Puteţi foarte bine,

stăpâne, să-l luați singur, căci după câte știu a început să
vă respecte. Pe mine m-ar mușca și mi-e teamă de acest
animal.

Edgar, văzând seriozitatea lui Bob, se ridică și, cu
demnitate, se duse și aduse racul pus în cutia de colecție.

Era ceva măreț în făptura acestei specii cu adevărat
rare. Avea strălucirea aurului, iar mustățile păreau două
cornițe bătute cu diamante. Ochii două rubine de mare
preț, iar coada lungă bătută în smaralde și topaze.

— Iată-l! - îmi zise el cu un ton semeț - acum te rog să
mă ajuți în îndeplinirea voinței. Ce vrei să fac cu soarta
acestui minunat rac?

— Dragă prietene, scumpul meu, nu vezi că ești
bolnav și ai face mai bine să te așezi în pat decât să te
interesezi de soarta acestui rac mort.

— Pipăie-mi pulsul- strigă Edgar.

Îi pipăi pulsul. N-avea nici urmă de friguri, dar cineva
poate fi bolnav și fără asta. îl sfătui să cheme un medic;
el se împotrivi. Ca să se liniștească, îmi ceru cu mari
rugăminți să-l întovărășesc cu Bob într-o expediție
tainică. Expediția ar dura toată noaptea și noi ne-am fi
întors la răsăritul soarelui.

Oricât de curios îi păru acest capriciu, prințul Glinká
îi făgădui să-l întovărășească, cu condiția ca, la
întoarcere, să nu mai asculte de rac și să urmeze
poruncile lui ca pe acelea ale unui medic. într-adevăr
porniră în explorare, la ora patru, Edgar, Bob, Glinká și

câinele. Bob ducea casmalele pe umerii lui robuşti. Edgar devenise gânditor şi, printre dinţi, mormăia: „Blestemat rac".

Edgar luase racul, pe care îl învârtea la catătul unei aţe, de care era legat, cu nişte mişcări cabalistice.

— Sărman prieten...

Plângând, constatam că începe să-şi piardă minţile. El nu voia de altfel să-mi lămurească scopul expediţiei şi răspundea nelămurit la toate întrebările mele.

Două ore de rătăcire, am ajuns pe ţărmul mării, unde ne suirăm în lotcă, şi astfel plecarăm în largul mării spre insula misterioasă.

La început protestai, dar Edgar se uită la mine aşa de duios, încât mi-a fost milă de privirile lui şi m-am lăsat în voia soartei. Plutirăm încă două ore în largul mării, când apăru în faţa noastră insula pustie.

Edgar coborî cel dintâi cu revolverul întins, păşi pe stânci. Apoi după dânsul venea Bob, iar cel din urmă eu care trăsesem lotca pe uscat.

O linişte de moarte stăpânea acest ţinut părăsit şi întunecat.

Edgar zări nu departe de ţărm un plop uriaş, care domina tinutul.

— Bob, auzi Bob, ce zici, poţi tu să te urci în vârful acestui copac?

După multă chibzuinţă sărmanul negru, care se învârti împrejurul copacului, răspunse:

— Da, stăpâne, nu există arbore pe care să nu se poată căţăra Bob.

— Atunci suie-te voiniceşte! porunci Edgar.

— Până unde trebuie să mă sui, stăpâne?

— Suie-te pe trunchi, mai întâi, îţi voi spune eu după asta încotro să apuci. Ia racul cu tine-

— Racul de aur - ţipă negrul îngrozit - să fiu al dracului dacă l-oi atinge.

— Cum, Bob, ţi-e frică să atingi un rac mort. Apucă-1 de aceastä aţă, dacă vrei; dar dacă nu-1 iei cu tine într-un fel oarecare, am să fiu silit să te lovesc.

Neavând ce să mai spuie, Bob luă racul de capătul sfoarei şi începu să se suie pe copac cu o nemărginită băgare de seamă.

Suirea era grea din cauza fricii racului. Negru îmbrăţişă cum putu mai bine trunchiul şi se înălţă cu greutate până la cea dintâi ramificare.

— Acum încotro trebuie să apuc, stăpâne?

— Mai sus, mai sus, Bob. Negru se supuse. Se urcă, se urcă, mereu si nu se mai văzu în desisul frunzelor.

— La ce înălţime eşti? strigă Edgar.

— Aşa de sus că văd cerul printre crengile copacului.

— Atunci priveşte trunchiul şi socoteşte ramurile de sub tine. Câte vezi?

— Douăsprezece ramuri, stăpâne.

— Suie-te cu o ramură mai sus.

Bob strigă că a atins ramura a treisprezecea.

— Acum, Bob, - ţipă Edgar - mergi înainte pe aceste ramuri, atât de departe cât poţi. Dacă vezi pe ea ceva curios să ne spui.

Prinţul Glinká privea la scena aceasta cu multă îngrijorare. El începuse să se convingă că prietenul său e nebun, căci ceea ce făcea nu era fapta unui om sănătos la minte. Se frământa cu gândul cum să-l convingă să plece acasă din acest loc pustiu şi periculos, când auziră din nou glasul lui Bob.

— Mi-e frică să merg mai departe, ramura este aproape uscată în toată lungimea ei.

— O ramură uscată- spui drept, Bob? răspunse Edgar cu o voce care tremura de emoţie.

— Da, stăpâne, e uscată că nu mă ţine.

— Ce-i de făcut, pentru Dumnezeu- - strigă Edgar plin de disperare.

Găsise tocmai momentul prinţul Glinká.

— Ce-i de făcut? să ne întoarce acasă si să ne culcăm. Fii de treabă- Haide- Vino-

— Bob, strigă el fără să-l asculte, zgârie lemnul cu briceagul şi spune-mi dacă în adevăr e putred.

— Putred, stăpâne, şi aş putea să încerc să înaintez pe ramură, dacă aş fi singur...

— Dac-ai fi singur, ce vrei să spui?

— Vreau să zic de rac — a devenit foarte greu; fără el ramura m-ar ţinea.

— Nemernicule, te strâng de gât dacă dai drumul

racului. Ce fleacuri trăncănești? încearcă să înaintezi pe ramură cât de departe vei putea, fără să-i dai drumul racului și am să-ți dau un napoleon de aur.

Ispitit de făgăduința napoleonului, Bob execută porunca stăpânului său, dar deodată strigă că a găsit pe arbore un craniu, că cineva și-a lăsat desigur acolo scăfârlia și că păsările ciuguliseră toată carnea.

— Vai- e prins bine de trunchi stăpâne- înțepenit cu un cui mare.

— Bine! răspunse Edgar mulțumit. Acum, bagă de seamă la ce ți-oi spune: caută ochiul stâng al craniului.

— Oh- vai- mi-e frică, stăpâne, îl privesc bine, dar nu are de fel ochiul stâng.

— Caută, neghiob blestemat- Știi să-ți deosebești mâna dreaptă de cea stângă?

— Fără îndoială, mâna stângă e aceea cu care țin lemnul.

— Dar tu ești stângaci, și ochiul tău stâng e de aceiași parte cu mâna stângă. Poți dar acum să găsești ochiul stâng al craniului sau cel puțin locul unde a fost ochiul stâng. Ai găsit?

— Ochiul stâng al craniului este în aceeași parte cu mâna stângă a craniului? Dar craniul n-are mâini?!

— Ce bombănești acolo, bestie înnegrită?

— Uraa, am găsit ochiul stâng- Ce trebuie să fac acum?

— Scoboară racul pe alături atât de mult cât va ține

ața. Bagă de seamă să nu dai drumul firului.

— Am făcut stăpâne.

Mişcarea asta nu era greu de făcut. Racul se legăna şi lucea la capătul firului ca o bucată de aur. El ajunsese la picioarele lui Edgar, iar dânsul luă casmaua. înseamnă în pământ un cerc de un metru în diametru împrejurul racului şi ordonă lui Bob să dea drumul sforii şi să coboare din copac. Apoi cu mare grijă înfipse un băt unde rămăsese racul si măsură distanta de cinzeci de centimetri dintre arbore şi semnul ce pusese. Apoi luând casmalele dădu lui Bob şi prinţului Glinká câte una silindu-i să sape o groapă pe locul marcat-

De voie, de nevoie, bieţii oameni, rupţi de oboseală, trebuiră să asculte acest ordin nebunesc. Bob era un rob prea supus ca să-l ajute într-o luptă corp la corp pe prinţul Glinká ca să-l lege şi să-l ducă acasă pe Edgar, care începuse să abuzeze de răbdarea lor.

Contele era nebun şi negrul, fără să vrea, îl ajuta încurajându-i nebunia sa.

La urmă, gândi prinţul Glinká de ce nu i-ar respecta această iluzie lui Edgar de a-şi recâştiga averea pierdută printr-un rac de aur?

Se puse să sape cu cea mai mare pasiune pentru ca să-l convingă pe nebun mai curând de visurile sale. Aprinseră un felinar şi se puseră cu toţii pe muncă cu o îndârjire demnă de marii exploratori. Au săpat două ore în mijlocul lătratului câinelui căruia a trebuit să-i pună botniţa pentru ca să nu atragă atenţia şerpilor, care încă nu primiseră de veste că au debarcat oameni pe insula lor.

După atâta muncă zadarnică, nici un semn nu se arăta. Făcuseră o pauză şi apoi mai sfredelirã pământul încă douăzeci de centimetri. Descurajat, în sfârşit, Edgar ieşi afară din groapă. Dădu poruncă lui Bob să strângă casmalele, scoase botniţa câinelui şi o pornirăm în tăcerea nopţii spre ţărm, pentru a ne sui în lotcă şi a porni spre casă.

Dar deodată, după vreo zece paşi, Edgar se opri. Fără nici o vorbă se repezi ca apucat de furie, şi începu să stângă de gât pe bietul negru.

— Neghiobule- ticălosule- negru blestemat- strigă el, tu m-ai păcălit- spune-mi care-i ochiul tău stâng?

— Ah- stăpâne- zise negrul îngrozit, apoi punând mâna pe ochiul drept, întrebă plângător: nu este ăsta ochiul meu cel stâng?

— Bănuiam eu una ca asta- Eram sigur- Ura- strigă Edgar sărind în sus de bucurie. Prin urmare n-am pierdut nimic- să ne întoarcem la copac.

Ne-am întors din nou la plop. Acolo Edgar atingea pe rând ochii lui Bob.

— Bob — îi zise el — prin ochiul ăsta, sau prin celălalt ai scoborât racul jos?

— Prin ochiul ăsta, stăpâne, prin ochiul stâng. Şi sărmanul negru de frică arăta mereu ochiul drept.

Atunci Edgar reluă sfoara, băţul şi însemnă un nou

punct mai departe cu un metru şi jumătate de locul unde săpase înainte. Trase iar un cerc şi tustrei începură să sape din nou.

— E nebun rău, sărmanul Edgar, şopti prinţul Glinká negrului la urechie.

Dar privind la entuziasmul aproape profetic a lui Edgar, nu mai încercară să se opuie, cu toate că erau rupţi de oboseală. După o oră şi jumătate de lucru, fură întrerupţi de urletul câinelui pe care nu-1 puteau de astă dată să-l liniştească. Muşcă pe Bob, care încercase să-i pună botniţa. Furios se aruncă pe locul unde săpam şi începu să râcâie pământul cu ghiarele, urlând mereu. La lumina felinarului, după câteva secunde, descoperisem o groapă de oase omeneşti, formând două schelete complete, mai mulţi nasturi de metal şi nişte zdrenţe care păreau să fie lână putredă. La vederea lor, Bob nu se mai putu ţine de bucurie şi, fără să spuie un cuvânt, începu să strige cuvinte neînţelese, jucând şi cântând.

Prinţul Glinká crezuse că şi negru a înnebunit. Dar Edgar părea mai puţin entuziasmat şi ne rugă ca să nu părăsim munca şi să săpăm mai departe.

În timp ce prinţul lovea cu casmaua, se poticni, din pricină că vârful ghetei îi intrase într-un belciug gros de fier ascuns pe jumătate în pământ. Atunci observară dânşii că am descoperit o ladă de lemn, în formă dreptunghiulară şi care era perfect conservată.

Lada era încinsă cu benzi de bronz late, întocmai ca un

grătar; prin ajutorul a opt inele tot de bronz puteai s-o urneşti din loc. Dar cu toate silinţele n-au putut, atât era de grea. Atunci Edgar, fără să mai aştepte, sfărâmă capacul lăzii muindu-şi în aur mâinile până în coate, ca într-o baie plăcută şi binefăcătoare.

— Şi toate acestea vin de la el, racul de aur- drăguţul de el sărmanul, pe care îl blestemam. Ah- mi-e ruşine de mine însumi.

Ora înainta şi dânşii trebuiră să se grăbească, pentru că, luminându-se de ziuă, şerpii s-ar fi deşteptat şi ei, coborând din templul părăsit unde trăiau, ar fi ajuns prin parte locului unde se dezgropase una din lăzile bogatului prinţ grec de acum o mie şi mai bine de ani. Aceşti şerpi foarte veninoşi ar fi încercat să omoare pe cutezătorii exploratori.

După o repede chibzuială, uşurară lada, scoţând două treimi din conţinut şi asfel putură în sfârşit s-o scoată afară. Cu multă greutate o cărară la lotcă, şi o porniră în larg cu bogăţiile descoperite. Greutatea era aşa de mare, încât, dacă nu-i ajuta vântul, valurile furioase i-ar fi trimis la fund.

Ajunşi la colibă, se odihniră, apoi după ce prânziră, petrecuseră o parte din zi să scoată conţinutul. Totul era pus claie peste grămadă. După ce făcuse cu multă grijă prima împărţire, se văzură în fata unei averi care întrecea toate visurile. Iată lista ce o întocmise:

14000 mii monete de aur

250 de diamante

300 de smaralde

800 de rubine

500 de safire

100 opale

Aceste pietre prețioase erau fără montură, căci legăturile lor de aur fuseseră topite.

200 inele cu briliante și diamante;

150 perechi de cercei cu diamante, safire și bătute cu rubine și smarald;

90 de lanțuri de aur masiv pentru coliere, având atârnate de ele brelocuri bătute cu diamante și smarald;

85 de medalioane;

50 vase de argint, montate cu borduri de aur și înflorate cu briliante.

Mai găsiseră două mânere de sabie, admirabil cizelate în aur și pietre scumpe. Uitasem bucățile de aur topit, vreo zece kilograme.

Inventarul terminat, Edgar, care vedea că prințul Glinká moare de nerăbdare să afle taina acestei nemaipomenite minuni, începu să-i explice în cele mai mici amănunțimi cum a ajuns la această descoperire.

— Ti-aduci aminte, zise el, de seara când ti-am arătat desenul grosolan al racului de aur; atunci am fost în treacăt atins de încăpățânarea cu care-mi susțineai că seamănă a cap de mort. Mai întâi credeam că glumești; dar ironia

d-ale m-a silit să arunc în foc bucata de pergament ce
mi-o înapoiaseşi râzând.

— Vorbeşti de bucata de hârtie? întrerupse prinţul
Glinká.

— Nu; seamănă numai a hârtie, dar când am încercat
să desenez pe ea, am observat că era o bucată de
pergament foarte îngustă, tare murdară de altfel. În
momentul când vream s-o mototolesc, privii desenul pe
care-1 criticaşi şi rămăsei uimit, zărind în adevăr un cap
de mort, acolo unde eu credeam c-am desenat un rac.

Amănuntele desenului meu se potriveau cu conturul
general al unui craniu?...

Luai o lumânare şi începui să analizez pergamentul
mai cu de-amănuntul. Întorcându-1, văzui schiţa mea pe
dos, aşa cum o desenasem. Era, printr-o ciudată
întâmplare, un craniu care se potrivea exact cu desenul
meu, nu numai prin contur, dar încă prin dimensiuni.
Încremenii şi căutai un raport, o legătură de la cauză la
efect.

Dar numaidecât îmi intră în minte o convingere
adâncă, aceea că nu era nici un desen pe pergament când
am făcut schiţa racului; îl întorsei pe dos şi pe faţă şi,
dacă racul semăna cu vreun craniu, 1-aş fi observat
desigur. Deci era o taină. M-am sculat hotărât s-o
descopăr, am strâns cu grijă pergamentu şi mi-am
îndreptat toate gândurile asupra acestei enigme pe care
voiam s-o lămuresc.

După ce-ai plecat supărat de la mine şi după ce Bob adormise adânc, începui să mă gândesc în ce mod acest pergament îmi căzuse în mână. Găsisem racul pe marginea ţărmului, la o depărtare de o milă de colibă. El mă muşcase mai întâi şi i-am dat drumul. Bob, cu obişnuita-i băgare de seamă, căută împrejurul lui o foaie sau aşa ceva, pentru a apuca racul şi zări bucata aceasta de pergament pe jumătate îngropată în nisip. Aproape de locul unde am găsit-o, observai rămăşiţele unei corăbii dusă de furtună şi îngropată în bancul de nisip.

Bob luă pergamentul, apucă racul de aur şi mi-1 dete. Apoi pornirăspre colibă; pe drum m-am întâlnit cu locotenentul Şuteu care m-a rugat să-i împrumut racul până a doua zi, pentru a-1 studia în linişte. Pergamentul însă îl aveam în buzunar.

D-ta, dragă prinţe, ţi-aduci aminte că voind să fac schiţa racului, nu găseam hârtie. Căutam în buzunare, nădăjduind să găsesc vreo scrisoare veche, când degetele mele dădură de pergament. Toate aceste amănunte ce-ţi povestesc îţi explică soiul de legătură ce am stabitit între o corabie sfărâmată de stânci şi un pergament purtând desenul unui craniu. Care-i raportul? mă vei întreba d-ta. Voi răspunde că craniul este simbolul binecunoscut al piraţilor. În toate întreprinderile lor au înălţat steagul cu cap de mort.

Bagă de seamă bine că vorbim de pergament şi nu de hârtie. Pergamentul e aproape nepieritor şi adeseori se scriu pe dânsul documente de mare importanţă. E greu de scris sau desenat pe el.

Atunci pentru ce acest cap de mort, dacă n-are nici un înţeles ascuns? Unul din colţuri fusese distrus; dar forma primitivă fusese dreptunghiulară: aveam în mână una din acele fâşii de care cineva s-a slujit pentru a ascunde un fapt de mare valoare, pentru a însemna o notă care trebuia să se păstreze...

— Cum poţi - întrerupse prinţul Glinká - să stabileşti un raport între corabie şi craniu, pentru că, după cum spui dumneata, craniul nu era pe pergament, atunci când ai desenat racul?

— Aicea-i toată taina. Când am desenat racul, nu era nici urmă de craniu pe pergament; desenu sfârşit ţi l-am dat şi nu te-am pierdut din vedere până nu mi l-ai înapoiat. Prin urmare, nu d-ta ai desenat craniul si nu se afla nimeni atunci în colibă care să-l fi putut face.

Mi-am adus aminte atunci de toate întâmplările ce au urmat în timpul vizitei d-tale. Era frig. Un foc mare pâlpâia în vatră, Bob pregătea cina. Aşezaşi scanul foarte aproape de foc. Când ţi-am dat pergamentul, câinele intrând în colibă ţi-a sărit pe umeri. D-ta îl mângâiai cu mâna stângă, lăsând să cadă dreapta în care ţineai pergamentul, între genunchi, aproape de foc. Tocmai voiam să-ţi zic să observi să nu se aprinză la flacără, dar retrăseşi mâna pentru a examina desenul. Căldura, desigur, a fost cauza care a făcut să apară pe pergament craniul pe care-1 vedeam.

Întotdeauna, o ştiu, au fost preparaţiuni cu care puteai scrie, pe hârtie sau pergament, litere pe cari numai focul le făcea vizibile.

Pucioasa topită în apă se întrebuinţează adesea; îţi dă o culoare verde. Această culoare se şterge când lucru pe care l-ai scris, s-a răcit, dar reapare după voinţă încălzindu-1 din nou. Am examinat atunci capul de mort cu multă atenţie. Conturile din afară, la marginea pergamentului, erau cu mult mai lămurite ca celelalte.

Desigur, acţiunea căldurii fusese inegală. L-am pus din nou în faţa focului. Atunci se ivesc, într-un colţ opus aceluia unde era desenat capul de mort, o mulţime de cuvinte fără nici o legătură:

> *mort- de cap un cracă*
> *şaptea a pe află se*
> *unde uriaş copac un*
> *e pustie insula*
> *în*

Am rămas mut în fata lor, dar un semn de trimitere rătăcit la colţul pergamentului m-a lămurit. Cel care îl scrisese era oriental şi avea scrisul de la dreapta la stânga. Am cetit dar:

> „*în insula pustie e un copac uriaş unde se află pe a şaptea*
> *cracă un cap de mort-*

În altă parte am găsit aceste cuvinte suprapuse:

RA	CUL
DE	A
UR	ES
TE	CHE
IA	CAR
E	SFR
E	DE
LE	STE
PA	M
ÂNT	T
UL	L

Şi aceste cuvinte le-am cetit cu uşurinţă. Oare tu, cetitorule, poţi înţelege ce era scris pe pergament?

În alt colţ am descoperit nişte semne cabalistice desenate: o cracă, ochiul stâng al unui craniu, un rac, măsura greutăţi, cineva care coboară de pe un arbore, frunze multe, o ladă, o circumferinţă desenată în diametru, un băţ, un metru, apoi cifrele:

1   1½   şi   0.50.

Toată noaptea m-am trudit să înţeleg misterioasa enigmă. într-un târziu am văzut racul că se suie pe piciorul scaunului.

Mi-am zis: trebuie ca cineva să se ridice. După multe sforţări n-am înţeles „ochiul stâng al unui craniu", decât atunci când Bob descoperise craniul înfipt pe craca copacului din insulă. De altfel nici propoziţia „măsura unei greutăți", decât tot atunci când racul, care murise, sărmanul, pe drum, îl legasem ca un obiect de o sfoară și i l-am dat lui Bob să-l ție, căci:

„RACUL DE AUR ESTE CHEIA CARE SFREDE-LEȘTE PĂMÂNTUL".

Îți aduci aminte cum dânsul l-a coborât din pom spânzurându-1 în jos.

Racul de aur înțelesese că urcarea lui pe piciorul scaunului m-a lămurit. După un timp coborî. Am descifrat astfel propoziția „cineva care coboară". Acest cineva nu poate fi decât el, racul de aur. Restul a fost mai ușor, fiind vorba de frunze, de un băț, de un diametru și distanțele; un metru, un metru și jumătate și cinzeci de centimetrii.

Cu aceste elemente am format următoarea frază:

„Te suie cu dânsul (adică cu racul de aur) pe cracă; când va fi foarte greu, coboară-1 prin partea ochiului stâng al craniului, printre frunzele copacului în jos. Acolo înfige bățul, măsoară diametrul locului și vei găsi o ladă cu comori ascunse".

Înarmat cu aceste dovezi, am plecat tustrei spre insula misterioasă, în ziua aceea, unde am putut face descoperirea.

— Toate bune, dar scheletele dezgropate ale cui au fost? întrebă din nou prințul Glinká.

— Ale cui?! Sunt ale acelor nenorociți care au luat parte la îngroparea comorii pe vremuri. Stăpânul, pentru ca să se piardă orice urmă, i-au omorât cu două lovituri de târnăcop, când terminaseră lucrul, drept răsplată a credinţei lor. Terminând spovedania, Contele Edgar de Soex, împreună cu Bob îşi ridică peste câtva timp partea de avere şi, într-o noapte, dispăru fără să se ştie unde.

Prinţul Glinká, după o lună, primi o scrisoare din ţara lui natală cu următorul cuprins:

„Când ai timp, vino la moşia mea, să vezi ce-am făcut. Am răscumpărat toată averea părinţilor mei. În castelul indian, fost pe vremuri adăpost de vânătoare, am ridicat un altar, unde, într-o casetă de aur bătută cu diamante, am aşezat corpul neînsufleţit al racului întocmai ca un zeu nemuritor. În acest templu, veacurile vor vedea ce poate să facă o voinţă omenească, chiar atunci când toate nenorocirile din lume au căutat să o distrugă.

Te aştept,

Edgar."

Cel care mi-a povestit întâmplarea nu ştie dacă prietenul îmbogăţit şi el de această voinţă omenească a văzut Templul racului de aur din pădurea seculară.

Cuprins

Cărți bilingve pentru copii

Petre Ispirescu

Romanian Fairy Tales

Basme Românești

Ediție bilingvă: engleză și română
114 pagini
ISBN-10: 0979761816

Se cumpără de pe Amazon și Barnes & Noble

Ioan Slavici

The Fairy Aurora

Zâna Zorilor

Ediție bilingvă: engleză și română
116 pages
ISBN-10: 1936629038
ISBN-13: 978-1936629039

Se cumpără de pe Amazon și Barnes & Noble

Ion Creangă

The Old Man's Daughter and the Old Woman's Daughter

Fata babei și fata moș-neagului

Ediție bilinguă: engleză și română
42 pages (color)
ISBN-13: 978-1936629305
Se cumpără de pe Amazon și Barnes & Noble

Stories, Legends and Fairy Tales
Povesti, Basme și Legende

Ediție bilingvă: engleză și română

112 pages
ISBN-10: 0979761875
ISBN-13: 978-0979761874

Se cumpără de pe Amazon și Barnes & Noble

Coloring Book - Smiling Fruits
Carte de colorat - Fructele zîmbarețe

Ediție bilingvă: engleză și română
50 pages
ISBN-10: 0979761859
ISBN-13: 978-0979761850

Se cumpără de pe Amazon și Barnes & Noble

Coloring Book - Happy Vegetables
Carte de colorat - Legumele jucăușe

Ediție bilingvă: engleză și română
50 pages
ISBN-10: 1936629178
ISBN-13: 978-1936629176

Se cumpără de pe Amazon și Barnes & Noble

Reflection Books

P.O. Box 2182, Citrus Heights, California 95611-2182
www.reflectionbooks.com